emperor of
the colonies
A GOGO
OSTAFR
MALLE
Samoa

LEST EIN

„Auf den Asphaltfeldern grasen
Goldene Kälberherden Tag und Nacht
Über ihnen Wolkenkratzer
Wo die Computer schmatzen
Ach, wo ist noch Platz für mich
Oder ein Dach für Dich ?
Hörst Du es flüstern im Land ?
Dracula sucht seinen Sarg
Helmut kauft sich Koks im Park
Siehst Du die Schrift an der Wand?"

Das Objekt der Begierde stand bereits in der Hofeinfahrt vor der Garage, angebaut an das dreistöckige Reiheneckhaus aus den Fünfziger Jahren, wo damals noch häufiger vorkommend, drei Generationen unter einem Dach lebten.
Die zierliche Dame stand in dem Rundbogen, der Haus und Garage verband und den Eingang zum Zementgarten bildete. Das Grundstück war umzingelt von einer der dichten, dunklen Hecken, an die drei Meter hoch und bedrohlich, die Sicht in die Ferne oder zum Nachbarn verhindernd, wie es im gutbürgerlichen Milieu üblich zu sein hatte.
Die Turmuhr schlug elf Uhr.
Der junge Käufer schritt siegesbewusst um den weissen Wagen, nicht ohne ein erstes Mal mit mit der Handfläche die Rundungen des Kotflügels zu ertasten.
Rundbogendame flötete ihm ein vertrautes „Hallo" zu und lächelte den jungen Mann zu sich heran.
„Wissen Sie, es ist nicht einfach, den Wagen wegzugeben."
Ihre Stimme klang ohne die Distanz verhalten, eher ein Hauchen der Worte.
„Warum wollen Sie ihn dann verkaufen?"
Sie sah ihn unvermittelt an und sagte knapp, dass sie kein Auto mehr benötige.
Umständlich lief Sie die paar Schritte zum Wagen, welcher in cremeweiss, glänzend in der Vormittagssonne stand, bedeutete, ihr zu folgen und öffnete mit vertrauter Bewegung die linke Vordertür.

Sie trug Holzhosen.

Der junge Mann folgte ihr paralysiert und der unvergleichlich erotische Duft eines mit Leder, Holz und Chrom ausgestatteten Triumphwagens mit Geschichte wich aus der geöffneten Tür direkt in sein Herz.
Charlotte Sometimes erläuterte dem auserwählten Nachfolger in allen Einzelheiten das Innenleben des Wagens, fuhr mit ihren schlanken Fingern über die Materialien als verabschiedete sie ihre grosse Liebe am Bahngleis.
„Sie sind staubig " stellte die Dame fest.
„ich komme vom arbeiten", entschuldigte sich der junge Narr.
„Die Instrumente kriegt man am Besten mit Spucke sauber"
Sie wandte sich zu ihm, als prüfe sie, ob er noch aufmerksam zuhörte.
Der junge Mann war nie aufmerksamer, verschlang jede Silbe aus den schönen Lippen von Charlotte, überwältigt von ihren liebevollen Worten und benebelt vom Duft des Momentes.

„Hier auf dem Beifahrersitz sind Flecken, die sind vom Vorbesitzer, einem Rechtsanwalt,
wahrscheinlich von Kaffee und Zigaretten."

Das alles störte den jungen Mann nicht. Makel sind die Kunst in der Schönheit. Das hatte er einmal gelesen oder geträumt. Die Dame redete weiter über Haare

auf dem Rücksitz.
Er sah ihre Fältchen vom Lachen um den Mund.
Er sah ihre Fältchen vom Heulen um die Augen mit diesen dunklelbraunen Pupillen.
„Das sind Tierhaare. Ich habe es nie geschafft, sie rauszumachen, stört Sie das ?"
„Ich komme mit Tieren besser klar, als mit Menschen," entgegnete er.
Die alterslose Frau sah den Käufer eindringlich an.
„Was hat Er mit Ihnen vereinbart ? - der Preis. „
Sie trug keinen Ehering mehr. Wind kam auf und wehte ihr die schulterlangen, kastanienbraunen Haare über ihr schmales Gesicht."
„1000 Mark"
Sie befreite sich vom Haar, lächelte verklärt, und sagte verstohlen, fast geheimnisvoll :

„500,- , wenn Sie versprechen, die Haare da zu lassen, wo sie sind. Jedes einzelne davon ist wichtig und zeugt von der Fähigkeit, etwas bewegen, nicht tatenlos zusehen müssen, sich wandeln zu können. Entrückt sah sie zu dem schlafenden Riesen.

„Ich versichere Ihnen, den Wagen mit all seinen Haaren gebührend zu behandeln und danke Ihnen für diese schöne Begegnung", schloss er feierlich und zählte ihr die Scheine auf die Hand. „Ich sollte mich jetzt beeilen"

Charlotte Sometimes atmete tief ein, schob genussvoll ihre Zunge zwischen obere Zahnreihe und Oberlippe, befeuchtete dann ihre trockenen Lippen, senkte den Kopf und atmete aus.

„Wo ist der Hund ?" fragte der alterslose Junge, auf dem Fahrrad sitzend, bereit in die Pedale zu preschen, um die Kennzeichen zu holen.

Die Hohepriesterin stand in ihren Holzhosen in der Einfahrt, richtete ihren Kopf auf, warf das Haar in den Nacken und lachte. Das Vormittagslicht wurde von den goldgelben Augen reflektiert.
„Ich brauche kein Auto mehr", rief sie ihm hinterher.

Am 9. januar 1968 bereits stellte die Daimler-Benz AG ihre neue Baureihe der Presse vor. Unter der Marke Mercedes-Benz sollten die Modelle W114 und W115 neben dem VW Golf und dem VW Käfer zum meistverkauften Nachkriegs-PKW avancieren. Die Ausführungen mit Sechszylindermotoren liefen unter W114, die darunterliegenden Modelle unter W115. Das Vorgängermodell W110, auch als „Heckflosse" bezeichnet, wurde noch bis Februar 1968 weiterproduziert. Deshalb sollte der neuen Reihe das nach dem Erscheinungsjahr 1968 beigefügte /8 zur Unterscheidung haften bleiben. Der erschwingliche Fünftürer wurde in Automatik-Diesel- und Coupé Ausführungen mit verschiedenen Motorenleistungen bis 1976 produziert, an die zwei Millionen mal verkauft und schliesslich vom W123 abgelöst.

Die klare Linienführung der Karosserie von Paul Bracq und das geräumige, hochwertige Innenleben machten den Strich-Acht zum zeitlosen Mittelklassewagen, ohne unnötige Spielereien , aber befriedigendem Fahrkomfort. Der mit 55 PS und einem Leergewicht von 1,5 Tonnen schwach motorisierte 200 D erfreute sich trotz seiner Behäbigkeit grosser Beliebtheit. Allem voran wurde der „Heizölferrari" gerne in der damals noch omnipräsenten Landwirtschaft wegen seiner hohen Anhängelast als Zugmaschine für Viehanhänger genutzt. Ferner konnte der Tank mit nahezu allem befüllt werden, was sich in der Scheune finden liess, grösstenteils konnten Reparaturen mit etwas Geschick selbst ausgeführt werden. Heizöl war günstiger, da der Tankdiesel höher besteuert wurde.

Mit einer Beschleunigung von 0 auf 100 in über einer halben Minute wurde der schmucke Wagen, vor allem von den leichtfüssigeren Golffahrern abfällig als „Wanderdüne" „Schweine-Daimler" oder „Bauern-Benz" tituliert. Dies reduziert jedoch keinesfalls den Charme dieses robusten Wagens, welcher höchst alltagszuverlässig bis zu einer Million Kilometer mit einem Motor erreichen konnte.

Der unverwüstliche Mercedes-Benz /8 wird noch im schnelllebigsten Heute immer wieder mit Originallackierung gesichtet und kann als Zweitzulassung steuerbegünstigt als Oldtimer, auch in der Innenstadt gefahren werden.

Es schien, als würden die vier Räder den jungen Mann zu seinem Schicksal fahren.
Freudig erregt, den Dieselmotor bei jeder Betätigung des Gaspedales blubbern zu hören, fuhr er, belehrt durch die Mässigkeit des Strich8 durch den Dienstagabend. Der erste, unkommerzielle Radiosender GOLD FM der Provinzstadt Ulm, welchen er mit dem unvergleichlich warmen Klang der Blaupunktanlage seines am Morgen erstandenen Vehikels empfangen konnte, beflügelte ihn geradezu, genusssüchtig an der Selbstgedrehten zu ziehen. Sofort erkannte er die Stimme von Professor Dr. Almuth Zenz, welcher neben der Leitung der medizinischen Psychologie an der Universität gerne gewichtige Worte für Vernissagereden und Kulturkritiken fand. Die Ausführungen, des mit Philosophie, Soziologie - Studium und Psychologiediplom angehäuften Individuums, sowie ein fein-scharfsinniger Humor, mit Talent, auch noch zuhören zu können, unter einem schwarzen Hut und in einem ebenso gewichtigen, stets schwarz bekleideten Körper, liessen manchen Abend im Kornhauskeller, in den Streitgesprächen mit dem charmanten Freidenker und Künstler CHN, dem anarchistischen Drucker Michael Schmerz, dem Stuhldesigner Manni Hermann, sowie einigen anderen, damals noch glamourös auftretenden Charakterköpfen, für den jungen Mann vom Lande, viel zu schnell vergehen. Über dem eleganten, sich über zwei Ebenen hinziehenden Gastraum befand sich die Kunststiftung PRO ARTE, darüber wohnte der Künstler Fred Ayer, der seines naiven Stiles wegen wohl als der deutsche Basquiat bezeichnet werden durfte, obwohl er Amerikaner war und gerne Whiskey aus der Kaffeetasse trank. CHN titulierte ihn einfach Schwarzer Freitag, wie er Allem um sich herum einen für ihn trefferenden Namen gab, so wurde der Kornhauskeller aus der gesellschaftshumoristischen Sicht eines polnischen Einwanderers schnell zum CAFÉ WICHTIG. Die schweren Stiefel des Baritons von Professor Almuth Zenz sollten für die nächste Stunde auf den Membranen der Einbaulautsprecher tanzen.
Selbst eine schwarze Mamba hätte sich als Sozia in dem nach Leder, Holz, Chrome und so etwas wie Hundehaaren duftenden Mercedes-Benz /8 wohlgefühlt.

...wobei ich meine Titel nur ungerne in die Vorstellung einfliessen lasse, aber ohne diese hört einem ja in dieser Stadt keiner zu. „Der Herr Professor wünscht noch einen Kaffee zu trinken“ klingt doch humaner, als „Der dicke Zausel hinter dem Pfeiler mit dem schwarzen Hut, der immer drei Stühle beschlagnahmt, nimmt doch noch einen Kaffee, wenigstens kein Kännchen!“, ausgerufen von einem Medizinstudenten, augenrollend, zu seiner hübschen, kopfschüttelnden Kollegin hinter dem Thresen.
Ich bin Rheinländer und mir fiel auf, wieviele wunderschön- anmutende weibliche Geschöpfe durch Ulms Gassen flanieren. Verstehen Sie mich nicht falsch, aber aufgrund der Offensichtlichkeit kann ein solches Kompliment ruhig einmal ausgesprochen werden. Die Natürlichkeit und Offenheit der Ulmer Damen hat mich sehr beeindruckt, hingegen die Herren etwas unscheinbar daherkommen, wie mir scheint, als warteten sie auf Irgendetwas.
Eine Kollegin von mir sagte kürzlich auf einer Tagung, dass ihr eine beherzte Hand auf dem Arsch lieber sei, als zu Tode gestreichelt zu werden. Wir haben viel gelacht, an dem Wochenende. So wäre ein solch zurückhaltender Schwabe nichts für sie.

Erotik ist einer der inspirierensten Antriebe und beflügelt ungemein. Das gut gespielte Kammerstück des Eros lädt uns ein - wieder Kind zu sein.

Den expressivsten Satz, den ich hier bisher, von einem langhaarigen Ulmer Architekten ausgesprochen, hörte, war: „Da halt ich mich raus, dann komm ich in nichts rein“, den ich bis heute nicht verstanden habe.

In der Stadt des Widerstandes hatte ich andere Ansagen erwartet, vielleicht fängt ja irgendwann Einer damit an. Eine gesunde Diplomatiefähigkeit hilft sicher in der Stadt des flüssigen Geldes.

Vielleicht ist mit dem Verhalten der XY Chromosomen dieser Stadt auch der schwindende Eros zu erklären, der mit zunehmender, kaufmännischer Eifrigkeit immer noch verschwindender wird.
Vielleicht ist das ein Grund für die Offenheit der XX Chromosomen, die bevorzugt am frühen Nachmittag, unmoralisch tagträumend, für frevelhafte Verführung sehr empfänglich sind, während in den Kassenräumen von wenigstens dafür talentierten Männerhänden das Geld gezählt wird.
Vielleicht ist dies den männlichen Sparkassenangestellten so gar nicht bewusst ? Diese ereifern sich des Nachmittags an dem Betatschen der schmutzigen Scheine, um Abends dann ein richtig grosser Junge zu sein. Der zahlenlastige Bericht beim Abendessen führt bei dem Vollweib schnell zu einem garstigen Migräneanfall, und der Geldzähler streichelt seine Frau mit seinen schmutzigen Händen in den Schlaf, was sie erträgt, denn sie schwebt bereits in Erinnerung des letzten Tangos.

Ich schweife ab !

„Zerreisst den Mantel der Gleichgültigkeit, den Ihr um Euer Herz gelegt...“, fällt mir da noch zu dem Satz vom Architekten ein.

Die nächste Stunde bin ich einfach Zenz und plaudere mit Ihnen über einige Themen, die ich vorbereitet habe, das heisst, ich rede und Sie hören zu. Sehen müssen wir uns auch nicht, somit ist das ein ätherischer blind-date-Monolog als Ölgemälde, an einer Mauer lehnend, damit haben Sie ein Bild zu dieser Stunde, in der ich Ihnen unter anderem einige Lieder nahelegen werde.

Das erste Lied bedarf einer Vorgeschichte, hinsichtlich der Interpreten :

Es gibt im deutschen Rundfunkgesetz angelegte Listen, eines der überflüssigen Ämter, von Liedgut, welches nicht gespielt werden darf, da es der Homogenität des Volkes schaden könnte.
Selbsterklärend alles Rechtsradikale und Extremvokabulierte - aber - seit der Bewegung 2. Juni auch alles, was nach deren Meinung Linksradikal daherkommt und das schlummernde Volk wecken könnte, aus dessen verdientem Demokratieschlaf.
„Ich mag Sonne auf der Haut, ne verheiratete Braut, die sich was traut,
all das mag ich, la la la - und ganz doll Demokratie"
So oder ähnlich sang dies ein Volker Lechtenbrink 1983 in der Hitparade.

Folglich wurde eine westdeutsche Band gleich zu Beginn ihres Schaffens Anfang der Siebziger Jahre, wegen angeblichem Sympathisierens mit der RAF und Schnittmengen in Wohnsituation und Weintrinken, in den Ende der Sechziger Jahren besetzten Häusern in Berlin, schnell auf diese Liste gesetzt, zwingendermassen sie mit ihrer „DAVID VOLKSMUND PRODUKTION" eines der ersten Indie-labels gründeten, auf dem ihre Tonträger bis heute vertrieben werden. Sie verkauften sich, wie später das schwäbische Pendant „SCHWOISSFUASS" aus Tübingen, nie an eine kommerzielle Plattenmafia. Engagiert unterstützt, im süddeutschen Raum übrigens von Trikont in München.
Die Studentenunruhen, das massive Auftreten der Staatsgewalt, die Machenschaften des Axel Springer Verlages und das viel zu träge Agieren der Gewerkschaften in Deutschland trieben die Band um Ralph Möbius und R.P.S. Lanrue zu politik-und gesellschaftskritischen Texten, welche die Unstimmigkeiten des Landes mit jedem Wort auf den Punkt bringen sollten. Dem braunen Kohle- Grau des Landes wurde die erste Schallplatte „Warum geht es mir so dreckig" entgegengestellt, mit dem ganz klar im brechtschen Stil der Klassenkampf angesagt wurde. „Mein Name ist Mensch" hebelte die Volksüberwachung und Unmündigkeitssprechung der Bevölkerung aus,

das Solidaritätslied forderte den Zusammenhalt der Arbeiterklasse und - deutlich rausgebrüllt, dass die Jungen nicht solche Mitläufer werden sollten, wie die Nachkriegseltern. Schluss mit der Opferrolle. Mit dem Nachruf an den erschossenen Anarchisten Georg von Rauch 1971 wurde mit dem Rauch-Haus-Song die Parole aller folgen sollender Hausbesetzungen bis in die Neunziger Jahre auf der zweiten Platte „KEINE MACHT FÜR NIEMAND" geschrieben. Unmissverständlich räumte das Doppelalbum als Quintessenz die alleinige Macht dem Volke ein. Power to the People.

Das Holozän betitelt die gegenwärtige Zeitepoche der Erdgeschichte, das vor rund 12.000 Jahren mit der Erderwärmung und dem daraus folgenden Dahinschmelzen der Eisplatten begann, auch Present genannt, was wir als Gegenwart aus dem Englischunterricht kennen.
Die seit 250 Jahren wütende Industrialisierung in Europa verlangt nun doch geradezu nach einer Reform des Begriffes Holozän. Indem die raubbautreibende Spezies Mensch als Verantwortungsträger und Hauptdarsteller dominant Einfluss auf die geophysikalische Entwicklung des Erdsystems nimmt, sollte sie im Abspann wenigstens aufgeführt sein. Seit einigen Jahren heftig diskutiert, scheint mir der Begriff ANTHROPOZÄN, griechisch abgeleitet von „Mensch und Neu" als trefflicher Favorit. Der wird es wohl werden.

Prädestiniert zur finalen Dekade des Planeten Terra habe ich nun ein Lied mitgebracht, das 1981 auf dem vierten Album veröffentlicht wurde, als die Band, bereits erschöpft vom Bedienen der immer mehr splittenden Politik, Interessenverbänden und müde vom Vorsingen der rettenden Refrains, die zwar bejubelt und mitgegrölt, aber vom Volk nicht umgesetzt wurden. Kryptisch- poetische Texte machten dieses schwarze Doppelalbum zum freidenkerischen Statement, welches von den parolenverwöhnten Fans als nicht politisch genug kritisiert wurde. Sie konnten nicht mitgrölen.

Als Heinz Schliemann Troja entdeckte, sagte er wohl: „was ich fand, waren Ton, Steine, Scherben“

Als wohlwollender Ratschlag für ungeborenes Leben hören Sie nun „Bleib wo du bist“ von der Band Ton Steine Scherben.

intro Drums, Gitarre, Bass, keyboards
Einsatz Gesang :

„Du, noch nicht verfroren, noch nicht verloren, noch ungeboren
So schläfst du durch die Finsternis wie ein Stern oder ein Engel
Schwimmst in unendlicher Musik, in rosahimmelblauer Stille
Frei und ahnungslos, sicher im Schoß und ahnungslos
Über weiche Wiesen tanzt du, die Welt ist noch so weit
Treibst sorglos in die Zukunft und weißt nichts von Vergangenheit
Am Ende des Tunnels lockt dich das Licht
Aber hier draußen gibt's kein Zurück
Keine Gnade, keine Gnade
Hier, was wirst du sehen?
Was wird geschehen, wenn sie dich sehen?
Du, noch nicht verfroren, noch nicht verloren, noch ungeboren
Und ahnungslos, sicher im Schoß
Was wird geschehen, wenn sie dich sehen?
Bleib, wo du bist“
....

DEUTSE
BANK

Immer wieder blitzten die Bilder des Vormittags in seinem wachen Geist auf. Die Begegnung mit Charlotte Sometimes beschäftigte ihn weniger ihrer Holzhosen wegen, selbst die goldenen Augen beim Wegfahren liessen sich mit dem grellen Morgenlicht erklären. Vielmehr blieb die Atmosphäre ihrer anmutenden Melancholie im Baldachin des Wagens und im Seelengedächtnis des Fahrers hängen. Die Obhut der Haare schien ihr ein tiefgreifendes Anliegen zu sein.
Mit dem ehrlichen Gefühl der Zuneigung zum Vermächtnis der geheimnisvollen Frau drehte der stolze, neue Besitzer des Strich8 seine Runden durch die vertraute Stadt, die an diesem Werktag ob seines euphorischen Zustandes einen neuen Glanz, eine mit Licht überzogene Gültigkeit inne zu haben schien. Die Sonne übergab nun ihre Schicht dem Mond, der erste Stern wies die Richtung.
Er fühlte sich auserwählt, als ob die Hohepriesterin ihm einen Streitwagen überlassen hatte, mit dem es ihm gelingen konnte, das Unheil von der Erde zu vertreiben, den Turm der Gleichgültigkeit zu rammen und ihn zum Einsturz zu bringen. Der Bauern-Benz sollte mit der Kraft des Proletariats die Grosskopfigen dazu bringen, aus dem wankenden Turm zu springen, auf dass ihr Geld unter ihnen begraben sei und, nach deren Verwesung, Neues und Wahrhaftiges gedeihen konnte, somit final für Gerechtigkeit auf der Welt sorgen.
Er hatte die grüne Ampel nicht wahrgenommen. Seine Sinne waren durch die neuen Aufgaben abgelenkt. Das Hupen des VW Golfs drängte zur Realität des Strassenverkehrs und er quetschte sein rechtes Bein auf das Pedal, um Diesel in die Leitung zu pumpen, wie auch sein Hirn mit Blut versorgt wurde. Er hatte vollgetankt und fuhr nun langsam die vertauten Wege ab.

Das Umschalten der Ampel am Berliner Platz ermöglichte, halblinks abbiegend, Zundeltorapotheke, Erika und Omar rechts liegen lassend, geradeaus fahrend, wo er unweit nach der Kreuzung Frauenstrasse, direkt neben Pelze Desselberger durch ein Zucken im linken Auge einen Hundesalon in Hochparterre entdeckte, weiter vorbei an zwei Löwen vor ihrem eigenen Gericht, bis zur Linkskurve vor dem Bahnhof, welche in einem U-turn über die Neue Straße, deren halbe Strecke, links abgebogen, auf die Frauenstrasse führend, bei nochmaligem Linksabbiegen nach dem Lichtspielhaus Lichtburg, zurück auf die Olgastrasse, die gesamte Umrundung des Adolf-Hitler-Ringes.

Er aber nahm die Frauenstrasse geradeaus, grüsste die Liebenden links, vor dem Café 113, genoss die billigenden Blicke der Gäste auf den Treppen, überquerte die Karlstrasse, folgte noch ein Stück der rue de la femmes, die sich weiter bis zum Michelsberg hoch schlängelt.
Die erste Strasse bog er rechts ab, in falscher Richtung durch die Einbahnstrasse, was er schon mit dem Moped tat, einer der Teenage Kicks, der Tradition wegen, um auf den Parkplatz zu gelangen, zwischen Ostbahnhof und der Kneipe Stadt Heidenheim, welche mit Tischkicker, Riesenportionen Schinkennudeln und dem flüssigen Gold des Ochsens vom Fass die gesamte links-alternative Bevölkerung der Stadt anzog, seit jeher seine Stammkneipe.
Er holte sich ein gezapftes Feuerwasser bei Herbergsvater Peter, der immer Backpfeifen, verbal oder haptisch, für uns allzu besoffenen Punks, Deppen oder die Radio 7-Morloks, die schräg gegenüber ihren frustrierenden Dienst erfüllten, in der Tasche trug, an der Theke ab und ging wieder hinaus zu seinem Magischen Tier, schwebte um die Karosse, atmete den Geruch des knarzenden, abkühlenden Motors und verbrannten Diesels ein. Es vermittelte Kraft mit seinem ruhigen und zuversichtlichen Schnauben, bereit wieder gelenkt zu werden, verlieh ihm fortan ein mutiges Herz und einen intuitiven Überlebensinstinkt.

Bald würde er das Mädchen mit den kurzen Haaren auf dem Festnetz anrufen, mit ihr ausgehen, um sie dann wie ein Gentleman wieder nach Hause zu bringen.

„...Meine Seele fliegt zu Dir dann
Und sie fliegt dir in Dein Herz
Und du wirst mich lieben
Wenn du auch nicht treu bist
Doch du wirst mich lieben bis zum Tod
Und ich werde Dich lieben
Und ich werde Dich lieben
Werd` Dich lieben - weit über den Tod
Die Menschen werden sich lieben
Und vergessen und lieben
Doch ich werde dich lieben weit über den Tod
Glaube mir, glaube mir
Glaube mir, glaube mir...ah aha aha..."

Was wir brauchen im Szenario, ist ein freies Radio.

Sie hören Radio Gold FM, meine Damen und Herren.
Diese wunderschöne Melodie wurde 1964 von Bruce Welch als Instrumentalstück komponiert, ein Jahr später dann von Marlene Dietrich mit diesem von ihr geschriebenen Text in Deutschland veröffentlicht.
Einer Diva, welche sich in den Nachkriegsjahren schon selbstbestimmt, emanzipiert und frei gab, wie es die Damen heute doch bitte gerne wären. Ein von einer Frau geschriebener Text war damals so unwahrscheinlich wie ein eigenes Bankkonto, einen Mietvertrag für eine Wohnung zu unterschreiben, selbst für einen Arbeitsvertrag wurde der Ehegatte oder der Vater der Braut hinzugezogen. Dieses männschliche Irrtum zieht sich bedenklicherweise bis in die Neunziger Jahre. Ich möchte am heutigen Weltfrauentag ein Ereignis erwähnen, welches die Frauenbewegung deutlich vorangetrieben hat, eine vegetarische Revolution sozusagen. woman is the nigger of the world, John Lennon zitiert.
So wurde der 2. Juni 1967, an dem der Student Benno Ohnesorg bei einer Demonstration von dem Polizisten und Stasi - Informanten Kurras niedergeschossen wurde, für Frauen ebenso zum Wendepunkt der Studentenbewegung.

Denn auch sie studierten, waren engagiert und bei der Sache und innerlich brodelte es in ihnen, eben auch eine Stimme in der Pimmelparade um Rudi Dutschke und Daniel Cohn-Bendit geltend zu machen. Sie wollten in ihren Miniröckchen nicht ausschliesslich Schmuckwerk für die sich selbst gerne zuhörenden Männer fungieren, sondern Gehör für angesprochene Themen einfordern. Die Stimmung lässt sich mit diesem Zitat gut beschreiben, entnommen von einem Wurfblatt bei einem Teach-In der Ausserparlamentarischen Opposition (APO) 1968 :
„Wir machen das Maul nicht auf. Wenn wir es auflassen, wird es uns gestopft, mit kleinbürgerlichen Schwänzen, sozialistischem Bums-Zwang, revolutionärem Gefummel."
Als nun an diesem 13.September 1968 auf der Versammlung des Sozialistischen Deutschen Studentenbundes (SDS) die Inhalte und Forderungen der einzig sprechenden Frau, der Filmemacherin Helke Sanders vom Folgeredner Hans-Jürgen Krahl einfach weggewischt und übergangen wurden, packte die rothaarige und hochschwangere Sigrid Rüger in ihrem eleganten grünen Kleid ihre auf dem Markt gekauften Tomaten aus und warf sie auf den selbstverliebten Krahl. Sie war der Meinung, die Frauen sollten etwas deutlicher werden in ihrem Anspruch, gleichberechtigt agieren zu können, was die Anspannungen bei den Studentinnen löste und fortan die Zungen der Damen lockerte. Ja, meine Herren, wer für die Demokratie ist, muss sie auch aushalten können. lulu hin oder her.
Zum Weltfrauentag habe ich einen alten Ulmer Spruch entdeckt: „Alles was einen Ehrentag und ein Denkmal bekommt, wird im Grunde belächelt, verdrängt oder verachtet."
So können wir gerne, nicht verinnerlichte 365 Ehrentage festsetzen, die restlichen Tage auf diesem schönen Planeten werden aber nur erträglich, mit jedem aufmerksamen Wärmecharakter im Denken. Joseph Beuys hat dies punktuell schöntreffend formuliert. Vielleicht hätten wir diesem Menschen mehr Gehör schenken sollen, als uns ständig mit seinem Hut und seiner Anglerweste zu befassen, oder ob er doch ein Nazi war.

Das Überdauern der eigenen Lebenszeit seines Projektes des Pflanzens von 7000 Eichen als Kunstwerk, zeigt, dass es möglich ist, sich aktiv passiv als Mensch heraus zu nehmen und so am sich ständig bewegten Gesamtkunstwerk teilzuhaben. Ein absoluter Widerstandskampf, und alle haben ihn gehasst dafür, damals. Als selbstdarstellender Betrüger wurde er beschimpft, bis es für gut gesprochen wurde. Der Widerstand der Seele gegen den Hass von aussen, weil noch nicht nach innen gefühlt wird.

Mit einer durchdachten, händischen Aktion kann somit mehr bewegt werden, als mit stundenlangem Anbrüllen gegen Argumentepanzer, welche so dick sind wie die chinesische, oder die in Deutschland nie in einer offenen Lüge nicht errichtete Mauer. Was passiert denn bitte einer schwangeren Frau, wenn sie mit Gemüse wirft ? Mehr als Sympathie heimst sie sich damit nicht ein, weniger aber auch nicht. Bei einer Revolte sei immer die Folge bedacht. Was passiert bitte mit uns Menschen, wenn durch unser Herz eine Mauer gebaut wird, und unsere Augen sehen ? Die letzte Zuflucht für die Seele sei ein Garten, im Osten geht die Sonne auf, während die vermeintlich Richtiglaufenden mit ihrer Westmark in der Schlange vor MacDonalds richtig sind. Widerstand wird im Present gesprochen.
Widerstand ist das Vehikel der Auflösung.

Mit Widerstandskämpfern wird in Ulm gleichermassen umgegangen, wie mit Künstlern. Während dem Prozess ihres Schaffens werden sie ausgehungert , um sich nach Vollendung des Werkes mit ihnen zu schmücken, am liebsten, wenn sie bereits tot sind. Sie werden nicht zu Diners eingeladen, denn sie könnten den Abend ruinieren. Kunst wird verehrt und angehimmelt. In der Vergangenheit liegender Widerstand ebenso, der in der Gegenwart ist unangenehm.Einen Schlafplatz bieten wir Ihnen nicht an, denn ihr Deodarant ist Schiesspulver und Verdünnungsalkohol, denn ohne Drogen ist das überzüchtete Treiben der Menschheit nicht mehr auszuhalten.

Wer von Ihnen hätte Ernesto Che ertragen, wie er mit einer Flasche Rum, Zigarre rauchend und seinen ständigen Asthmaanfällen auf ihrem Sofa liegend, ankündigend, wen er noch alles befreien will ? „Komm, schlaf bei mir, Che, verschanze Dich in meinem bescheidenen Wohnzimmer und baue hier die Zentrale für Deine Weltrevolution auf. Ich gehe solange zum Bäcker und hole uns lecker Schrippen - wenn die Bullen kommen, versteck Dich im Wandschrank !"
Sie nicht, Mensch Meier !
Der Oberbürgermeister sprach kürzlich in einer lustigen Runde von den „dahergelaufenen Künschtlern links vom Roxy." Schön, wenn Politiker auch Humor zu Tage tragen. So kann die Stadt nur verlassen, um mit silberner Perücke, Pseudonym und gefälschten Papieren Einzug in die Ausstellungsflure des Stadthauses gewährt zu bekommen, oder eben rechtzeitig gestorben werden.
Der uninspirierte Vorschlag, eine Strassenbahn nach Sophie Scholl zu benennen, wird von Inge Fried mit dem Argument, dass die Widerstandsgeschichte der Familie Scholl kein Selbstbedienungsladen sei, in dem sich jeder profilieren könne, widersprochen. Es wird ohnehin ständig vergessen, dass Vater Robert Scholl bereits im Aufkeimen der Nationalsozialisten vor ihnen warnte und seine Kinder abmahnte, sich für diese zu engagieren, was sie aber beherzt taten. Jeder Nazi-Aussteiger heute, geht in Zukunft konsequenter durch sien Leben als ein Cat Stevens - hörender Möchtegern Linker. Wer, bitte sollte sich überzeugter gegen ein Regime entscheiden, als jemand, der sich damit befasst hat, wer könnte besser beurteilen, was an den Machenschaften falsch ist, um sie dann abzulehnen und das Volk vor diesen zu warnen und den mutigen Weg des konsequenten Widerstandes zu gehen ? Nach 45 war plötzlich jeder dagegen. Tatsache ist jedoch, dass das Gros des Faschismus nach 1945 zum vorherrschenden, am Krieg und der Rüstung reich und mächtig gewordenen Konservatismus wurde, welcher in ständigem Wachstum bis heute den Ton angibt.

Elisabeth Hartnagel kann verständlicherweise sehr wenig mit den Gedenkhäusern und Touristenattraktionen anfangen, welche um ihre Geschwister gebastelt werden, damit sich die Erbauer besser fühlen. Da kommt diese Stadt wie ein Freizeitpark daher, wo, zwischen den Bonzenbunkern der Sparkasse, Höhlenfiguren platziert und Sekt darunter gesoffen wird. Ein Indianerreservat, in dem desolate Cowboys stehen und mit Whiskey auf den besiegten Feind anstossen, with god on their side. Unter den Mahnmahlen wird ja doch weiter gemunkelt, dass sie ja anfangs von Hitler begeistert waren, was Ulm zur ewigen Schizo-Farce macht. Die bereicherten Gewinner des Krieges feiern Widerstandskämpfer. So wurde das Ulmer City-Fest schon Ende der Achtziger Jahre eingestampft. Sich selbst anwidernd ertrug das Ulmer Volk diese Miss-Stimmung dann doch nicht mehr. Es wusste einfach nicht, was es feiern sollte.
Die Einladung zur Eröffnung des mit einem Architekturpreis ausgezeichneten „Geschwister-Scholl-Hauses" lehnt Elisabeth Hartnagel ab und trifft sich an diesem Tag bevorzugt mit Konstantin Wecker, der seit seinem Auftritt bei der grossen Pershing II - Demonstration 1983 auf dem Volksfestplatz in Neu-Ulm einen herzlichen Draht zu den Veranstaltern und Frau Hartnagel pflegte und seine Erklärung zu den Geschwister Scholl wie folgt getan:
„Jetzt haben sie Euch zur Legende gemacht / und in Unwirklichkeiten versponnen/ denn dann ist einem - um den Vergleich gebracht / das schlechte Gewissen genommen.

Wer heute noch der Meinung ist, Widerstand sei nicht mehr nötig, und nicht das sieht, das es zu hinterfragen gilt, dem sei ans Herz gelegt, dass die Inschrift bei den beiden Stelen vor der Deutschen Bank am Münsterplatz, Entschuldigung, am „Sophie und Hans Scholl Platz" Gültigkeit für die Gegenwart inne trägt, wie für die Vergangenheit. „Wir schweigen nicht/ wir sind Euer böses Gewissen/ die weisse Rose lässt Euch keine Ruhe!" Mit „Euch" sind Wir im Jetzt gemeint, nicht Die, in der schöngeschwätzten Vergangenheit. „

In den Sechziger Jahren liessen wir alle internationalen Stars uns Ständchen auf Deutsch singen. Alle.
Die Beatles, Elvis, Johnny Cash, Mirelle Mathieu, Vicky Leandros, wirklich alle. Adriano Celentano und Leonard Cohen weigerten sich. Sie hören den entzückten Professor auf RADIO GOLD. Von mir für Sie :
Gilbert Becaud , Überall blühen Rosen !! - en allemand.

Violinen, Tambourine - Intro - Einsatz Gesang...

Du hast Glück, es geht Dir gut, doch ein Dichter hat geschrieben:
Alles Schöne, was wir lieben, muss vergehn.
Ja, das Unglück schreitet schnell, schon siehst Du am Tag Gespenster,
Graue Schatten vor dem Fenster, doch Du weisst
Überall blühen Rosen, überall blühen Rosen, überall blühen Rosen für Dich.
Du bist jung und meinst, Du kennst, was die Leute „Leben" nennen,
Wie sie jagen, wie sie rennen nach dem Geld!
Und Du willst nicht sein wie sie, nicht die selben Fehler machen,
Eines Tages wirst Du lachen über Dich.
Überall blühen Rosen, überall blühen Rosen, überall blühen Rosen für Dich.
Und Du denkst so gern zurück an der Jugend Blütenträume.
Deine Träume waren Schäume, sind dahin.
Du siehst ein, Dein kleines Glück lebt von tausend Kompromissen.
Einer schrieb: „Kein Mensch muss müssen!" Doch der lügt!
Überall blühen Rosen, überall blühen Rosen, überall blühen Rosen für Dich...

Songwriter: Pierre Delanoe / Gilbert Becaud

Widerstand ist eine angelegte Charaktereigenschaft, welche gerne gebrochen wird, wie das Rückgrat auch. Doch da gehören zwei dazu : Einer, der brechen will und Eine, die brechen lässt. Widerstand ging schon immer von kids aus, traue keinem über 30 hatte Bob Dylan mit 22 Jahren empfohlen. Die Aufbäumung gegen selbstgefällige, Lügen als Wahrheit verkaufende Erwachsene, die aufgehört haben, Kind zu sein, weil sie Angst vor dem Dschungel ihrer Seele haben, der Wildnis, die sie jedem Kind austreiben wollen, halleluja,
......der Turm stürzt ein !!!

„Wir haben nichts zu verlieren, ausser unserer Angst/
gib mir Deine Liebe/ gib mir Deine Hand"

Rio Reisers Vision von der Freiheit unter den Menschen und unter den Tieren schien die Menschenkette 1983 von Neu-Ulm nach Stuttgart im Text von „Der Traum ist aus" 1971 schon vorweggenommen zu haben, was die Scherben unverzichtbar machte für diese Veranstaltung. Und das, obwohl sie nicht so oft im Radio gespielt wurden wie Peter Maffey, wie schon erwähnt, gänzlich, der Zensur wegen, gar nicht.
Nicht gehört und gesehen zu werden ist das Trauma, das uns irgendwann der Menschheit den Rücken zukehren lässt, wir verschwinden in geistiger Masturbation, wenden uns der Wildnis zu. Die Egomanie des Verlassenseins sucht den Austausch ausserhalb von small-talk. Verinnerlichter Dialog mit der Natur und ewiger Sehnsucht nach Gleichwertigem mit diesem, einen Menschen, den wir mehr lieben wollen, als uns selbst, weil wir noch einmal eine Spiegelung suchen. Wir gehen dabei bis zur physisch ertragbaren Grenze. Sado Maso ist eine Spielart davon.
Neben Konstantin Wecker sangen 1983 auf der Hauptbühne der Anti-Pershing II - Demonstration der eher deplatzierte Peter Maffey mit Band, Bettina Wegener, Schröder Roadshow und Ton Steine Scherben gegen die Stationierung dieser unnötig tötenden Waffen an, deren demonstrativ suggerierte Gefahr zwischen Ost und West klug eingesetzt war, um das zum Konsumieren angehaltene

Volk im Auge zu behalten. Homo consuma war endlich animiert - die neue Weltreligion ist geboren: westlicher Konsum aus Angst vor dem russischen Sozialismus. Kaufkraft ist mächtig und entbehrt jeglicher Spiritualität. Die Schleussen waren offen für MC Donalds und die darauf folgende Wegwerfgesellschaft, die bis heute immer noch versucht ist, durch Bequemlichkeit immer mehr, alles zu überbieten, was menschliche Dekadenz an den Tag fördern kann.
Wir sind Radio Gold. Was uns rettet, in diesem Mordio, ist ein freies Radio.

Du läufst mit mir durch Deinen Hain.
es ist nicht nur welcher, es ist Dein.
Wir, zusammen, gehen durch den Blätterwald,
die Pillen, für die Menschen helfen bald.

Dank an Martin Kippenberger, für Miete Strom Gas
und den notwendigen Dialog mit der Jugend, und U-Bahn
Eingänge im Nirgendwo. yamas

mit verlorenen gedanken an die vergangene zeit
lief ich die treppen zu den unten liegenden
kabinen hinunter. meine schritte wurden
langsamer, bis ich ganz stehen geblieben war.
ich schaute sie an, all die tapferen männer.
sie schliefen, ich war mir in diesem moment noch
nicht einmal sicher, ob sie noch lebten,
so friedlich, wie sie dort lagen. ich lief wieder
nach oben,
versank - in den blauen tränen des ozeans.
plötzlich berührte mich etwas an der schulter.
ich erschrak.
die hand des steuermannes, dessen namen ich nicht
wusste.
er sah mich an und ich erahnte, wie viele
abenteuer in seinen augen schliefen. ich nickte
ihm zu und ging in meine kabine, um mich
schlafen zu legen.
von lauten schreien geweckt, riss ich die augen
auf, sprang aus meinem bett und eilte nach oben
auf das deck

gigantische wellen

peitschten das schiff

ich schaute mich nach dem namenlosen steuermann
um, doch fand ich ihn nicht. die ruhe, um die ich
die männer vergangenen nachts beineidet hatte,
war fort.
ich sah, wie das schiff mit den wellen
verschmolz. dann war ich fort.

als ich meine augen abermals öffnete, war es
ruhig, nur entfernte möwenschreie und das salzige
rauschen

ich war gestürzt und hatte mich am kopf
verletzt. es waren keine männer mehr an bord zu
sehen. das wasser war herr über die menschen
geworden, all die kostbaren, die tapferen

ich spürte, wie blut aus meinem schädel floss
und wurde eins mit dem tosen des windes und der
wellen,
verlor das irdische bewusstsein.

das letzte, das ich hörte, waren die immer lauter
werdenden pochenden herzen der unendlich
verlorenen seelen.

seemann, lass das traeumen

total control aquaforce

ich kann den becher stürzen, so viel ich will.

bargeld bleibt in der bar , bella ciao

auf ein wiedersehen.

ringo hatte eine bedingung durchgesetzt beim stadtrat.
bei seiner Enthauptung für all seine vergehen, sollten
so viele seiner leute in freiheit gelassen werden,
wie er es schaffen sollte,
ohne kopf an ihrer reihe vorbeizulaufen.

er erreichte den elften menschen seiner besatzung.

dann stellte ihm ein scherge der städter ein bein.

homo ludens - der mensch als spieler

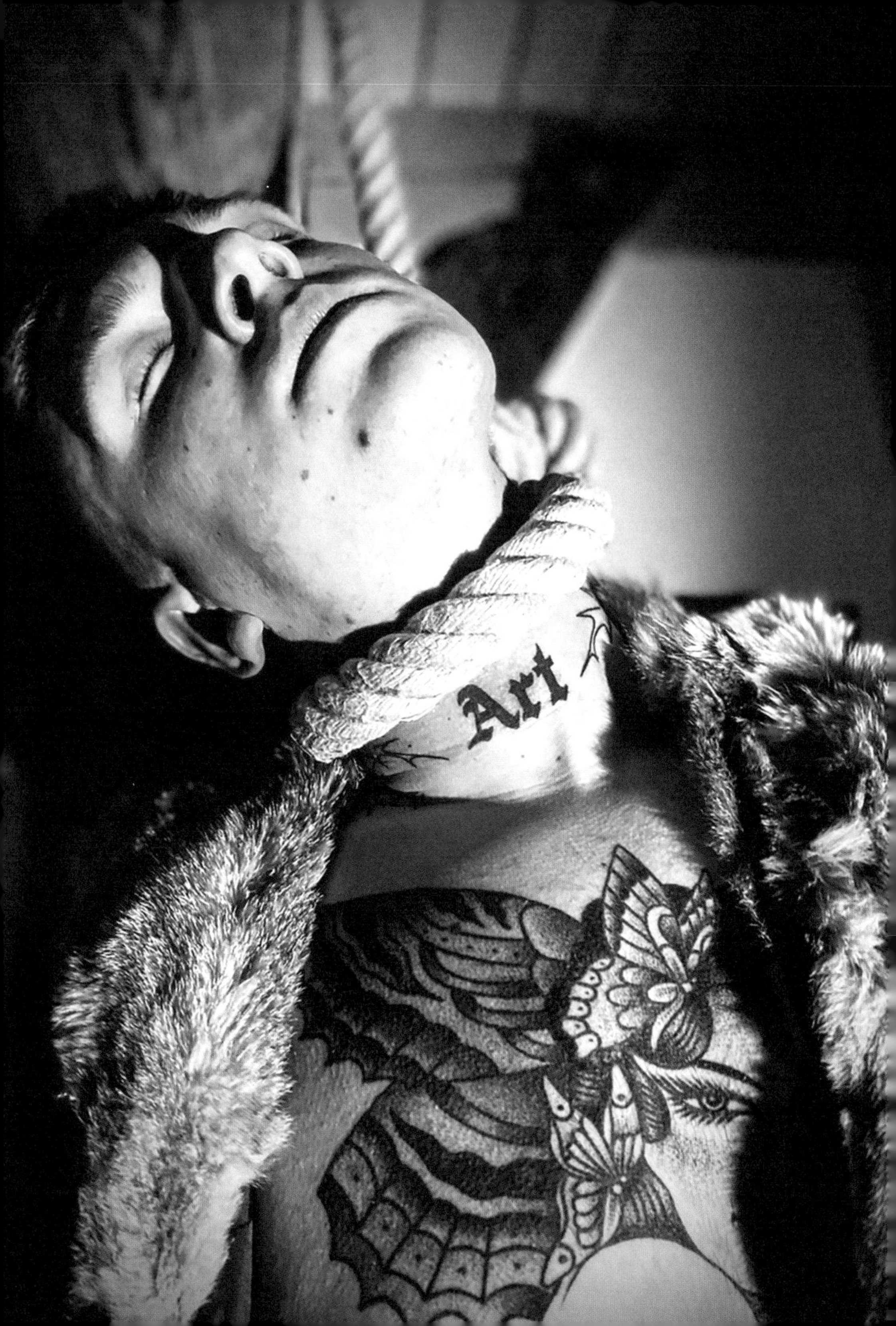
Art

Manfred und Monika Avoda Eichhorn, Beurerstrasse 2
89284 Pfaffenhofen-Beuren

An
DIVA VOLLMUND
Universität statt Ulm

×Anthologie × ein Beitrag von Monika Avoda Eichhorn über den ×Buchladen Eichhorn, ein Begegnungsort der 70 er bis 90 er Jahre in Ulm.

Hinter Friday for future stehen wir × es ist enorm, was in der heutigen Zeit passiert × diese Bewegung, dieses Engagement, angeführt von Kindern und Jugendlichen. Und was es bewegt.

Die Friedensbewegungsgruppe zog Anfang der 80er Jahre durch die Herrenkellergasse, wo sich unser Buchladen befand, zum Münsterplatz, wo sich hunderte politisch-engagierte Bürger versammelten. Es war eine Herzensangelegenheit, sich für den Frieden zu einzusetzen. Aktiv.
Heute ist es die Gruppierung friday for future, der wir zuwinken würden.

Unser Engagement bestand damals hauptsächlich darin, die politischen und künstlerischen Bedürfnisse und Aktivitäten der Menschen zu unterstützen und uns durch Vorträge, deren Referenten wir Raum gaben, zu beteiligen.

Mitglieder des Menschenrechtsvereines ×amnesty international× Ulm informierte durch Veranstaltungen bei uns, ebenso die Tibetgruppe e.V.
Die Tibetkämpfer bestanden aus Menschen aller Berufsgruppen, die nach Tibet reisten, um
danach auf des Leben, der durch die Chinesen entrechteten Tibeter, aufmerksam zu machen.

Wir stellten unseren Meditations- und Vortragsraum einer Gruppe tibetanischer Mönche, später auch Nonnen, die aus Klöstern in LHASA kamen, zur Verfügung, damit diese ein Sand-mandala
gestalten konnten.

s kam viel Publikum, welches vorsichtig eintrat, an der Tür ihre
:huhe auszog, um die meditative
rbeit der Tibetaner zu beobachten, die in ihren roten Roben mit
nglaublich schönen Naturfarben die Sand ˣ Mandalas streuten.
ir Europäer war es unfassbar, dass nach einigen Tagen, als das
esamtkunstwerk vollendet war,
.eses von den Mönchen und Nonnen wieder zerstört und zeremoniell in
.nem Behälter zur Donau
ebracht wurde.
JDDHAS AUSSAGE :
lles was kommt, geht auch wiederˣ.

ie manchen von uns bekannt ist, gab es um 1850 in Amerika
ersammlungen der nativen Ureinwohner des Kontinentes, bei denen groˣe
iuptlinge die weissen Landeroberer vor den
eränderungen des Planeten warnten, die den NATIVES das Land mit
apidaren Kaufverträgen
okaufen wollten, um Angriffe zu vermeiden. Eine der überlieferten
ahn- Reden von CHIEF SEATTLE von 1855 wurde von Hannes Wader in
einem Lied ˣWir werden sehenˣ interpretiert, welches er 1985 auf seinem
lbum ˣGlut am Horizontˣ veröffentlichte.

ie Schweizer Musikgruppe ˣPoesie und Musikˣ, unter der Leitung von
enée Bardet, die wir einluden, trat mit ihrem Programm ˣvielleicht weil
:h ein Wilder binˣ im ausverkauften
ornhaus auf.
.e verflochten die Weissagung der CREE-INDIANER :
rst wenn der letzte Baum gerodet, der letzte Fluss vergiftet, der
etzte Fisch gefangen ist,
erdet ihr feststellen, dass man Geld nicht essen kannˣ , mit ihrer
einfühligen und eindrucksvollen
usik.

ir kommt Erich Frieds (politischer Lyriker) vor einigen Jahrzehnten
etroffene Aussage in den Sinn:
er will, dass die Welt bleibt, wie sie ist, will nicht, dass sie bleibtˣ

aher : VIEL GLÜCK ˣ friday for futureˣ

euren , im April 2021

ZENSUR

Die Plastiktüte aus der Keplerstraße

Ende 1982 oder Anfang 1983 entstand die Bürogemeinschaft Keplerstraße 18. Die Grünen und das Aktionsbüro der Friedensbewegung teilten sich die Büroräume. Die Grünen bereiteten hier ihren Kommunalwahlkampf 1984 vor, in dessen Ergebnis sie von einem Mandat, das Thomas Oelmayer inne hatte auf eine Fraktion mit fünf Stadträtinnen und Stadträte wuchsen.

Im Aktionsbüro der Friedensbewegung wurden neben den Friedenswochen, die von der Koordinationsgruppe (KG) Frieden gestaltet wurden, im Wesentlichen die Menschenkette, Großblockade und Volksversammlung im Herbst 1983 vorbereitet. Dies war die wohl spektakulärste Aktion der Friedensbewegung gegen die Stationierung von Pershing II Raketen im Süden Deutschlands.

Aber nun zu der Tüte. Als die Keplerstraße 18 verlassen wurde und die Grünen in die Neue Straße zogen, sollte eine Plastiktüte mit einem Ordner voll Schwarz-Weiß- Bilder in den Müll wandern. Ich nahm die Tüte mit nach Hause. Dort liegt sie seitdem. Da die Bilder meist nicht beschriftet sind, kann nur gerätselt werden, wann und wo die Bilder entstanden sind. Der Bestand legt nahe, dass es sich um die Hinterlassenschaft zumindest der Stadtzeitung Drucksache und Brennessel handelt, die Ende der 70 er und Anfang der 80 Stachel im Fleisch der Mächtigen Ulms waren und die natürlich auch über eine Vielzahl von Konzerte und Veranstaltungen berichteten und ihre Berichte entsprechend bebilderten. Einige dieser Bilder wandern nun in dieses Buch.

Leider ist von diesen Bildern keine Fotografin oder Fotograf bekannt. Falls einer oder eine der Betrachter/innen eines der Bilder erkennt, würde ich mich über eine Rückmeldung freuen, ebenso natürlich wenn jemand über entsprechende Exemplare der verschiedenen Ulmer Stadtzeitungen verfügt, sie sind ein wichtiger Teil der Ulmer Geschichte.

Markus Kienle

ULMER STADTZEITUNG
Drucksache
MACHT DRUCK!

In den frühen 80er Jahre erreichte die „Friedensbewegung“ in der Bundesrepublik Deutschland ihren Höhepunkt. Ulm und Neu-Ulm waren Zentren dieser Bewegung, die sich vor allem gegen die sogenannte „Nachrüstung“ wandte: Sie war die Antwort der NATO auf die Aufrüstung der Sowjetunion mit den Mittelstreckenraketen vom Typ SS 20, die mit ihren Atom-Sprengköpfen vor allem in der DDR stationiert und auf Zielgebiete insbesondere in der Bundesrepublik gerichtet waren. Die beiden Teile Deutschlands waren zu dieser Zeit wohl der Teil der Welt, der am meisten vor Atom- und Chemiewaffen starrte.
Neu-Ulm war mit den „Wiley-Barracks“ der Stationierungsort der US-amerikanischen Pershing II-Raketen und in der näheren Umgebung gab es etliche kleine Ortschaften wie Riedheim und Kettershausen, auf deren Gemarkung sich US-Militärlager für die passenden atomaren Sprengköpfe befanden. Grund genug, dass sich hier bald eine breite Bewegung gegen die „Nachrüstung“ und die konkrete Bedrohung hier vor Ort bildete, organisiert vom sogenannten „Friedensaufruf Ulm-Neu-Ulm“. In ihm hatten sich Gewerkschaften, SPD, Ostermarschierer und andere linke und fortschrittliche Organisationen zusammengeschlossen - ein breites Bündnis, das auch weit in bürgerliche Kreise hineinreichte. Ich war Sprecher und einer der Hauptorganisatoren des „Friedensaufrufs“.
Am 6. Dezember 1980 fand die erste größere Demonstration in Ulm statt. Für mich gänzlich unerwartet kamen über 10.000 Menschen an einem verschneiten Winter-Samstag zusammen, um gegen die Stationierung der Pershing II - Raketen in Neu-Ulm zu protestieren. Walter Jens und Inge Aicher-Scholl, älteste Schwester der Geschwister Scholl und Gründerin und langjährige Leiterin der Ulmer Volkshochschule, waren die Hauptredner auf dem Weinhof. Tausende von Ulmer und Neu-Ulmern fuhren in den folgenden Jahren mit vom „Friedensaufruf“ organisierten Sonderzügen nach Bonn, um dort an den großen Friedenskundgebungen im Hofgarten teilzunehmen.

Ich selbst war in dieser Zeit von einem besonderen Paradoxon betroffen: Ich war damals Studienassesor an der Ferdinand-Steinbeis-Schule und wurde im März 1983 wegen „unausgewogenem, gesellschaftskritischem Unterricht“ vom Schuldienst suspendiert. Hintergrund war der damals praktizierte sogenannte „Radikalenerlaß“.

geborgt!

Sie war schon in der Ostermarsch-Bewegung für Frieden aktiv: die langjährige Ulmer Volkshochschulleiterin Inge Aicher-Scholl. Links neben ihr Peter Langer, auf dessen Schultern ein Gutteil der Vorbereitung der Demonstration lag.

50
50

Nun hatte ich viel Zeit und wurde für einige Zeit zum hauptamtlichen „Friedensfunktionär“ und konnte mich mit anderen Aktivisten*innen im Ulmer „Friedensbüro“ um die Mit-Organisation der legendären „Menschenkette“ gegen die „Nachrüstung“ am 23. Oktober 1983 von Stuttgart nach Neu-Ulm kümmern.

250 000 Teilnehmer bildeten vom US-Hauptquartier in Stuttgart bis zu den „Wiley Barracks“ in Neu-Ulm Hand an Hand eine geschlossene Kette. Auf der Schwäbischen Alb standen die Menschen – jung und alt – zum Teil doppelt und dreifach und in Bögen. Die Stimmung war fantastisch. Es wurde gesungen und getanzt. Die Teilnehmer waren in Sonderzügen aus ganz Süddeutschland angereist, um dann in Bussen an ihren Bestimmungsort auf der Alb gebracht zu werden – eine geradezu „generalstabsmäßige“ logistische Leistung. Im Hauptbahnhof Ulm fuhren in kurzer Zeit 35 (!) Sonderzüge ein und ab.
Am Nachmittag fand dann auf dem Neu-Ulmer Volksfestplatz – wie auch in Stuttgart – eine sog. „Volksversammlung“ statt. Ca. 130.000 Menschen standen vor der Bühne. Neben Rednern aus der Friedensbewegung traten Künstler*innen auf: so Konstantin Wecker, Bettina Wegener und „Ton, Steine, Scherben“ mit Claudia Roth als deren damalige Tourmanagerin. Zu einem legendären Vorfall kam es beim Auftritt von Peter Maffay. Mitten in „Über sieben Brücken mußt du gehen“ wurde nah vor der Bühne ein Transparent hochgehoben mit der Aufschrift: „Lieber Pershing II als Peter Maffay“. Ich stand auf der Bühne, mir stockte der Atem, hektisch zog ich an meiner Roth-Händle. Neben mir stand der großgewachsene Fritz Rau, Veranstalter-Ikone unter anderem für die Auftritte der Rolling Stones in Deutschland. Er sagte zu mir in breitestem Kurpfälzisch: „Wenn des Transparent net weg kummt, trete mei Künschtler hier nimma uff!“. Oh Schreck, Ein weiterer tiefer Zug aus der Roth-Händle… mit Engelszungen redeten mein Mitmoderator und ich auf die „Störenfriede“ ein: „Peter ist doch auch ein Friedensfreund…!“ Schließlich hatten die frechen Jungs ein Einsehen und das Transparent verschwand. Peter Maffay spielte übrigens unbeirrt weiter, wollte aber noch Jahrzehnte später an den „Vorfall“ nicht erinnert werden …

Wenn auch die Proteste der Friedensbewegung nicht unmittelbar zum Erfolg führten – „Die demonstrieren, wir regieren“ (Bundeskanzler Helmut Kohl) – so beförderten sie doch eine Entwicklung, die Ende der 80er Jahre in der Gorbatschow-Ära zu den umfangreichen Abrüstungsverhandlungen zwischen den Großmächten und schließlich auch zum Abbau der Raketen führten.
Die Aktivisten*innen im Ulmer Friedensbüro trafen sich nach der Menschenkette und diskutierten, was sie jetzt gemeinsam machen können. „Wir arbeiten an einem alternativen Kulturzentrum in Ulm!“ war die einhellige Meinung. „ROXY“ war geboren…!
Konstantin Wecker war später ein gern gesehener Künstler und Freund im ROXY.

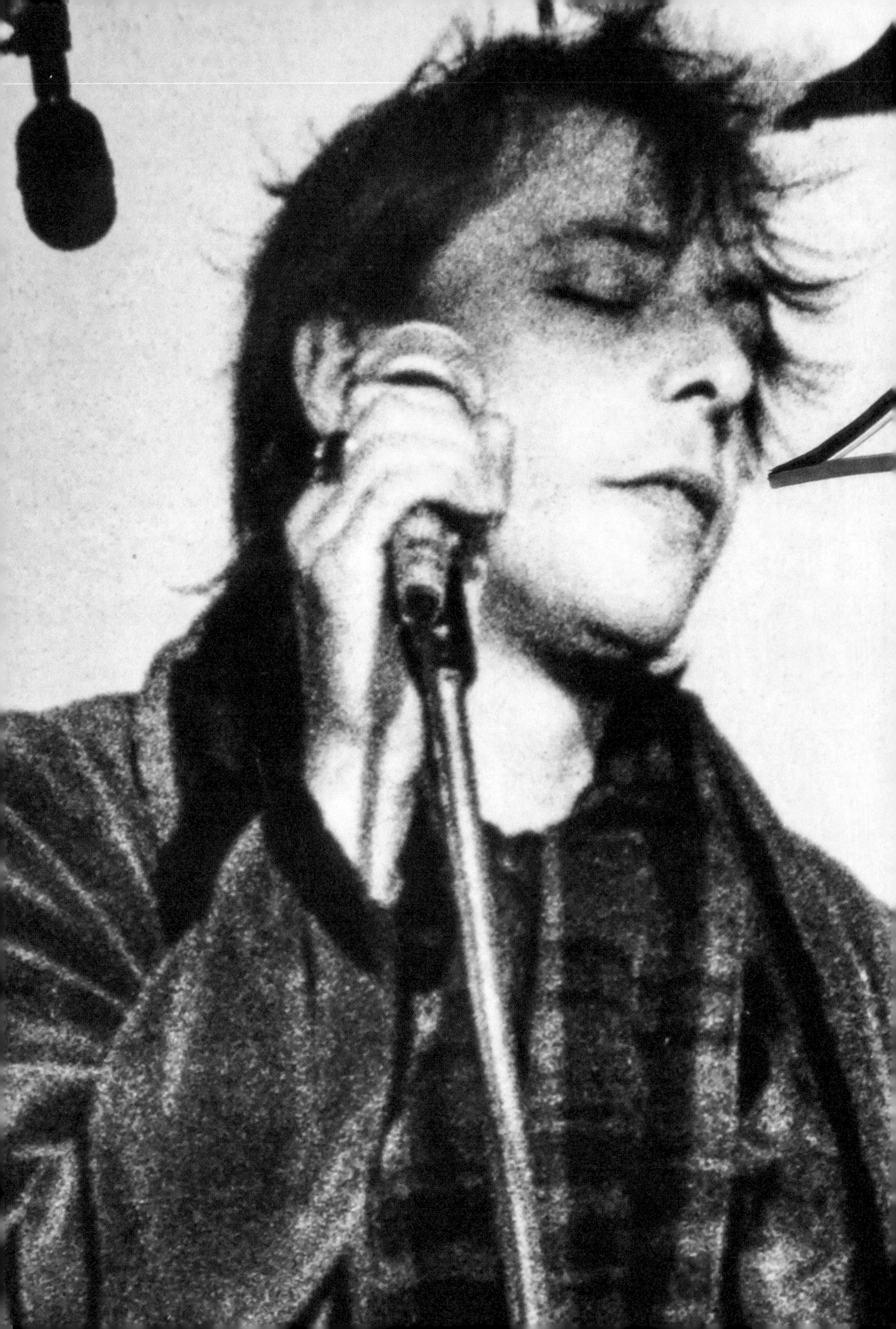

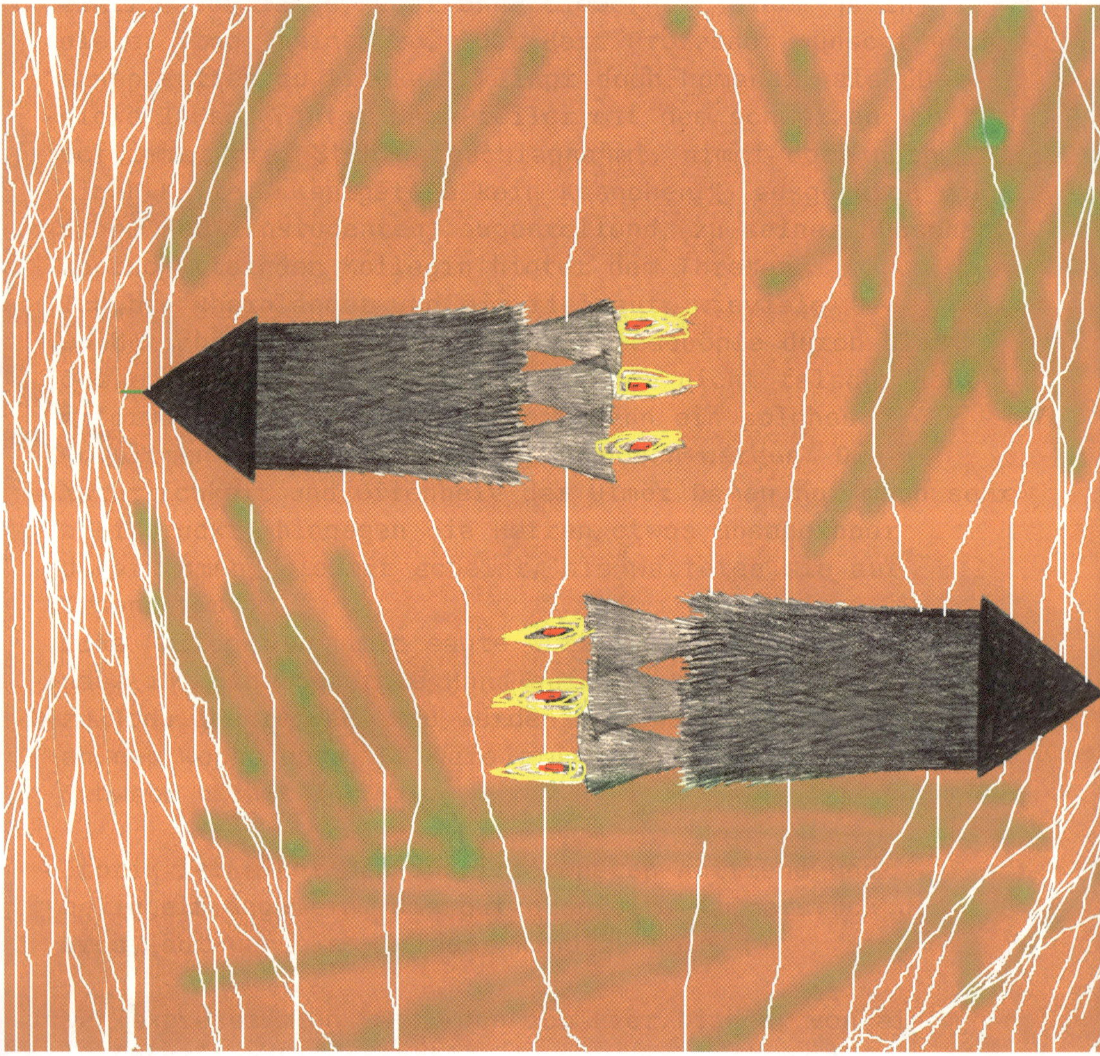

Dorothea Gratwohl

Die Welt muss breiter werden.
Durch Menschen und deren anderer Ideen.
Ansonsten legt die Gesellschaft sich in Falten.
Wird matt.
Wird eng.

Die Welt muss breiter werden.
Durch Aufjucken und Nichtspuren.
Ansonsten legt die Gesellschaft sich in Falten.
Wird krank.
Wird spröd.

Die Welt muss breit sein.
Durch Nichtnachlassen und Stören.
Dann wird´s weit.
Dann wird´s breit.

Die Welt muss breit sein.
Dann ist es gut.
Dann ist es Mut.
Dann ist es Freiheit.

Und dann kam Ronnie...! Während die ideologisch irrlichternden Strategen in Ost und West gerade dabei waren mit ihrem nuklearen Wettrüsten auf Nummer sicher zu gehen, die Welt tausendfach in einem atomaren Overkill verglühen lassen zu können, betrat ein betagter, abgehalfterter Western-Darsteller als neuer US-Präsident die Weltbühne. „Graue B-Film-Helden regieren bald die Welt - es geht voran“, kommentierte die Band „Fehlfarben“ diese Personalie.

Als man sich vom durch ungläubiges Kopfschütteln hervorgerufenen Schleudertrauma wieder halbwegs erholt hatte, war eines klar: es ist wahr! Wohl und Wehe der Menschheit hängt von starrsinnigen gerontokratischen Machtpolitikern ab, die im Dunstkreis wirtschaftlicher Interessen mit dem Leben von Milliarden spielen. Und nirgendwo ein von Vernunft getragenes Regulativ in Sicht!

Im Gegenteil: Pazifisten, Mahner, Aufrüstungsgegner und sonstige Friedensbewegte wurden nach dem Motto „wer nicht für uns ist, ist gegen uns“ ignoriert, diskriminiert und bestenfalls als idealistische Träumer, aber auch gern als linke Spinner abgetan. Auch der 84-jährige Nebenmann in der Menschenkette zwischen Stuttgart und Ulm, der auf die Frage, warum er denn hier stehe, sagte: „Ich habe mein Leben lang nicht aufgemuckt und immer klaglos getan, was die Obrigkeit von mir verlangte. Ich habe zwei Weltkriege erlebt, und jetzt ist es genug, es reicht endgültig!“

Ein linker Spinner? Wie muss er sich gefühlt haben, als er abends in der Tagesschau wieder einmal die ganze Arroganz der Macht vorgeführt bekam, in der der damalige Innenminister Friedrich Zimmermann seine Sicht der Dinge preisgab: „Die demonstrieren und wir regieren.“ Von deutschen Regierungsparteien war also kein Dialog zu erwarten. Der Kanzler aus Oggersheim bewies tagtäglich, dass er „aus der Gechichte“ nichts gelernt hat und in Bayern regierte einer inmitten seiner Amigo-Hofschranzen von Großbrauern und noch größeren Grundbesitzern mit Jagdpachten bis nach Südtirol, dem nach eigenem Bekunden „ein kalter Krieger“ lieber sei, als ein „warmer Bruder.“

Wer sich das nicht gefallen lassen will, als Freigeist und Pazifist mit Gewalt nichts am Hut hat, aber auch nicht klaglos die andere Wange zur Watschen hinhalten möchte, dem bleibt nur die Macht des G-Dur-Akkords und die revolutionäre Kraft des Rock'n'Roll. 1983 hob der Punkrock-Flieger von „Agent Orange“ das erste Mal ab, um die geballte Ladung aus satirischen Texten und harten Gitarrenriffs großflächig abzuwerfen. Mit dem Unterschied, dass die US-Armee mit dem Gift den vietnamesischen Dschungel entlauben wollte, während das musikalische Bombardement zur Demaskierung der Mächtigen diente.

Wobei die Band immer schon getragen war von Selbstironie und dem Ansingen gegen Intoleranz, Vorurteile und Ignoranz, was von linken Spießern bis zu rechten Umtrieben reicht. Und wer Werte einfordert, muss sie auch selbst leben. So sind im Sinne der Völkerverständigung auch ein Chromosomen-Sachse und selbst ein Österreicher in der Combo. Wobei der, was erschwerend dazu kommt - aus Tirol stammt.

Die daraus entstandene Roadshow aus rotzig, frech und laut hat nach Lage der Dinge im Land Abnehmer gefunden, vom Kellerclub bis zum Eissportstadion und Weihnachts-Open-Airs bei zehn Grad minus in kurzen Hosen. Selbst im englischen Sprachraum ist das deutsche Punkrock-Kabarett bestens angekommen und angenommen worden. Zur allseitiger Überraschung stand die Band mehrere Wochen bei „Number one music", den größten Internet-Charts der USA auf Platz 1.

Nicht nur beim einstigen „Klassenfeind" der DDR kam die Band an, die sich wegen eines Interessenskonflikts mit einem US-Label in „Gono Cocks" umbenenennen musste, sondern auch im damals noch real existierenden Arbeiter- und Bauernstaat. Beim „Ulmer Tag in Jena", den Heinz Koch organisiert hatte, war die Band unter anderem mit „Kraan" und „After the Fall" in Thüringen zugange, und hat dort ein ungeahnt euphorisiertes Publikum angetroffen - nicht nur wegen der 500 Playboy-Hefte, die Lichtmischer Ralf Heggenberger in die Menge geworfen hatte.

Auch der Bildungsschatz reicherte sich durch die dort getroffenen Erkenntnisse nennenswert an:
1. Rosenbier für 1,01 Mark Ost ist ungenießbar
2. Kaffeefilter sind weicher als DDR-Klopapier
3. Buletten bestehen größtenteils aus Wasser
4. Braunkohle riecht nicht so gut wie alle sagen
5. Fast alle Lokale sind für Burschenschaften reserviert

Zwei Schäuffelen in der Raststätte „Frankenhöhe" und ein paar Tage später stand noch ein Gig im Ulmer Zelt an, bevor die große Klausur zur neuen Namensfindung in einer Ulmer Altstadtkneipe begann. Ein stundenlanges Ringen, ein quälender kreativer Prozess voller lausiger Ideen drohte die Teilnehmer zu zermürben, bis auf einmal ein glorioser Namensvorschag alle begeisterte. Die Erleichterung war derart groß, dass die Sitzung unmittelbar in eine brachiale Party überging. Mit einer verheerenden Konsequenz: Tags drauf konnte sich kein einziger mehr an den beschlossenen Namen erinnern, was bis heute so ist. Ergo einigte man sich auf „Gono Cocks", was auch bis heute noch gilt.

Was übrigens auch für die musikalisch zu bearbeitenden Themen gilt, die sich seit Reagans Tagen nicht allzu wesentlich geändert haben, zumal dann mit George W. Bush einer im Oval Office saß, der keinerlei Skrupel hatte die ganze Welt zu belügen, um einen Krieg vom Zaun brechen zu können. Zu diesem Zeitpunkt keimte die Vermutung, dass es wohl schlimmer nicht mehr kommen könne. Und irgendwann kam dann Donnie...

„Bei der Hechelatmung wird im Vergleich zur normalen Atmung pro Atemzug ein größerer Anteil der Luft nicht für den Gasaustausch in der Lunge verwendet, sondern die gleiche Luftmenge wird bei den verkürzten Atemzügen häufiger in den Atemwegen auf und ab bewegt.
Dadurch vergrößert sich der physiologische Totraum, sowohl in den oberen Atemwegen als auch in der Lunge. Das Atemvolumen pro Atemzug ist verringert, aber durch die höhere Atemfrequenz verändert sich das insgesamt ein- und ausgeatmete Luftvolumen kaum."
(wikipedia)

Hecheln :
„spöttische, boshafte Reden über andere führen; über jemanden - etwas herziehen, klatschen"

It's a beautiful world we live in
A sweet romantic place
Beautiful people everywhere
The way they show they care /// Makes me want to say

It's a beautiful world
It's a beautiful world
It's a beautiful world
For you/ For you/ For you

It's a wonderful time to be here /// It's nice to be alive
Wonderful people everywhere
The way they comb their hair
Makes me want to say

It's a beautiful world
It's a beautiful world
It's a beautiful world
For you/ For you/ For you

It's not for me ! (DEVO)

ich atme aus/ich atme ein/sämige flüssigkeit mischt sich in mein hecheln ein/ mein maul ist trocken und ich stinke/ich atme ein/ich atme aus/ich trinke/ mein eigen blut/ich bin wildnis/
der saft quillt aus meinem maul und aus meinem arsch/ich bin wildnis/der gestank der zweibeiner tanzt hämisch vor meiner schnauze/ihr volkstanz aus teer,abrieb von reifen,dreck und staub, verbranntem fortschritt/trocknet mich endgültig aus.
ich bin wildnis/schiebe noch einmal die Zunge zwischen zähne und maul/ich atme ein und aus/ heftiger als sonst/ich hechle/ das ultraviolette licht wird zum schwarzen licht des todes.

Nirtak zog ihre letzten Runden über dem Grünstreifen vor dem grossen Gericht. Kurz vor der Dunkelheit war dort immer noch etwas zu finden, weil die Zweibeiner im hastigen Gehen gerne etwas von ihrer Nahrung verloren, welche dann ihre sein sollte. Sie liess sich erschöpft auf einem der beiden Löwen nieder, der steinern- gleichgültig zu dem sterbenden Tier auf der anderen Strassenseite stierte. Nirtak hatte die Beiden noch nie leiden gemocht, hielt sie für Überläufer, beraubt ihrer animalischen Natur, gezähmt, dressiert und erhärtet.

In der Anstrengung ihres letzten Flugstartetes vor dem Nachtquartier auf einer Stromleitung, schiss sie dem menschlichen Symbol für Gerechtigkeit auf seinen Kopf und zwang den anblubbernd- kreuzenden Mercedes /8 mit ihrem Tiefflug zu einer Vollbremsung.

Die Herrscherin über den Wagen hielt kurz inne und schloss die Augen. Sekunden später fand sie sich in der Mitte der Seitenstrasse wieder. Als sie ihre Augen öffnete, sah sie in milchigem Licht ein weissgraues Fell am Bordstein liegen.

Ohne zu denken, rangierte sie den Wagen in die Seitenstrasse , stieg aus und ging umständlich zu dem hechelnden Tier hinüber, dessen dunkelrotes Blut den Rinnstein entlang in den Kanaldeckel verschwand.

TATTOOS &
BODY PIERCING
clean

Foto: Nadja Wollinsky

Zeitqualität – Der Rote Faden
von Bom

Mit den Jahren habe ich erkannt, dass es Phasen in meinem Leben gibt, die eine bestimmte Qualität haben. Sei es ein vorherrschendes Gefühl, ein Thema oder gar eine Überschrift. Zurückblickend kann ich für mich sagen, dass jede Zeit mit ihrer Qualität mich an genau diesen Punkt im Hier und Jetzt geführt hat. Puzzleteil für Puzzleteil fügt sich ins Gesamtbild ein. Das Gesamtwerk war zur jeder Zeit gegenwärtig und in seiner Gesamtheit vollständig immer da. Mit jedem Puzzle wird es für mich sichtbarer und begreifbar auf
einer inneren Wissensebene. Gleich einem Uhrwerk, das Zahn in Zahn, Rad in Rad greift, lässt sich die Perspektive von ganz nah und detailliert auf weit weg und das große Gesamtwerk betrachtend, hin- und herzoomen. Ich kann jedes Detail und gleichzeitig die gesamte unglaublich große Maschinerie, die in Bewegung ist, wahrnehmen. Den Makro- und Mikrokosmos meines Lebens in seiner Unendlichkeit. Und das ist nur ein Leben, an dem sich sämtliche hermetischen Gesetze wie zum Beispiel des Geistes, der Resonanz, der Polarität, oder der Ursache und Wirkung ablesen lassen.

Ein winziges, äußerst individuelles Zahnrädchen, aber somit nicht unbedeutend in seiner Präsenz, im großen Getriebe des kosmischen Uhrwerks.

Die Zeitqualitäten in meinem Leben haben alle einen gemeinsamen Nenner, ich nenne es Sogkraft, die mich immer wieder zu bestimmten Wendepunkten hinzog und hinzieht, mich führt, ohne dass es mir bewusst war und gleichzeitig war in mir eine tiefe Sehnsucht nach etwas meist nicht Begreifbarem.

Die erste Zeitqualität, an die ich mich erinnere, mit etwa fünf Jahren, war geprägt von einem Staunen und einer Faszination.

Faszination gegenüber den Phänomenen in unserem natürlichen Jahresablauf sowie der Natur selbst in all ihren Aspekten und ebenso verschiedenen Menschen und ihren Kulturen.

Die Erkenntnis, dass ich ein Teil von all diesem großen Ganzen sein muss, war damals die größte Faszination überhaupt. Ich erinnere mich genau an meinen ersten Karl-May-Film und wie sich damit mir die Kultur und die Lebensweise der nordamerikanischen Natives eröffnete. Diese Lebensart und ihre Sicht auf unseren Planeten, ein Leben eingebettet in die Natur, berührte mich aufs Tiefste.

Bis heute berührt mich dieses Volk tief im Inneren, auch wenn der Verstand mittlerweile differenziert.

Dieselbe Faszination in diesem Alter übte auf mich die Person Jesus Christus aus. Nicht weil er Sohn Gottes war, nicht weil er als Mensch Wunder vollbrachte. Es gab keinen Grund außer dieser tiefen Berührung im Innersten, mit fünf Jahren brauchte ich keinen Grund.

In dieser Zeit hieß die Sehnsucht „Verbundenheit". Noch mehr verbunden sein mit allem, der Natur, den Menschen, dem Himmel, dem Universum, denn ich erinnere mich, dass ich mich oft abgetrennt und einsam fühlte.

Im Alter von neun bis 14 Jahren erinnere ich mich an eine Lebensphase, deren Zeitqualität von dem Bedürfnis nach Rechtschaffenheit geprägt war.

Ich wollte „gut" und „rechtschaffen" sein, es war die Zeit von der Kommunion bis zur Firmung, geprägt vom katholischen Glauben, in dem ich erzogen war, und die Gebote des Neuen Testaments, aber vor allem die Inhalte der Bergpredigt, waren für mich wirklich real und gültig. Es ging nicht darum, den Begriff Rechtschaffenheit konform mit dem der katholischen Kirche und Gesellschaft zu definieren, sondern „wirklich" rechtschaffen und gut zu sein, auch wenn es hieß, gegen den Strom zu schwimmen.

Die Sehnsucht, die mich zog in dieser Zeit, hieß „Ausgleich", eine Balance für alle Lebewesen auf diesem Planeten schaffen. Ich fühlte eine gravierende Disbalance überall um mich herum.

Die Zeitqualität meiner Jahre von 15 bis 25 begann mit einem tief sitzenden Groll, geboren aus dem Gefühl, betrogen worden und machtlos zu sein, der sich zunehmend zum Zorn erhob.

Es war der Katalysator, der zum Kampf aufrief, diese unerträglichen gesellschaftlichen Vorgaben und Etikette und ihre Doppelmoral zu demaskieren. Eine gewaltige Welle von Zorn, Empörung und Widerstand gegen althergebrachte Denkweisen und Handeln überschwappte Deutschland wieder einmal (oder immer noch?) in allen Bereichen und Schichten. Ob Jugendkulturen oder Emanzipierung, die Aufarbeitung unserer Nazivergangenheit, alte Türme wurden zum Einsturz gebracht.

Gleichzeitig war da ein starkes Gefühl der Lebendigkeit, ein Rausch, unbesiegbar und „against all odds" etwas zu bewegen, in Fluss zu bringen, auch wenn keiner so genau wusste, was. Die Sehnsucht nach Freiheit zog mich immer weiter. In dieser Zeit wurde ich mir dieser „inneren Weisheit", diesem inneren Wissen, das erste Mal bewusst, als ich mich tätowieren ließ. Die Motive fanden mich, nicht ich sie. Eigentlich wollte ich auch coole Totenköpfe und stattdessen waren es Motive, die mich mit den Cheyenne, Lakota, Nez Perce, Haida und Kwakiutl verbanden, Totemtiere wie Wal, Rabe, Bison.

Es gab keine rationale Erklärung, warum gerade diese Motive, zwar faszinierten mich die Natives immer noch, aber ich lebte in Deutschland in einer Punk-WG und allerhöchstens erzürnte mich der Genozid, die Unterdrückung und Diskriminierung an diesem Volk sowie anderen Völkern.

Heute, nach über 30 Jahren, erschließt sich mir das „Warum" … Nachdem ich für mich die schamanische Lebensweise entdeckt habe und meinen Krafttiere Rabe, Wal und Bison in Traumreisen begegnet bin. Sie waren schon ein Teil

von mir, als ich es selbst noch nicht einmal wusste.
Die Jahre von 26 bis 38 waren von einer Qualität der Liebe und des gemeinsamen Erschaffens, der Schöpfungskraft.

Wie tief, bedingungslos und wahrhaftig diese Liebe am Schluss war und wie sie über eine partnerschaftliche Liebe hinauswuchs, ließ sich anfänglich gar nicht erahnen.
Gemeinsames Wachsen, ohne sich dabei selbst zu verlieren, seine ureigenen Qualitäten einbringen zu dürfen, frei zu sein und doch zutiefst geliebt werden, so wie ich bin.
Es wuchs eine tiefe Sehnsucht nach dem Auflösen der Grenzen zwischen den Polaritäten.
Yin und Yang, Licht und Dunkelheit, Tag und Nacht, Mann und Frau, Himmel und Erde, Geist und Materie … Das Einswerden, ohne dabei die individuelle Qualität zu verlieren …
Einswerden hieße, eine Balance herzustellen, dieses geht nur in einem selbst mit der
Bereitschaft sich für den anderen zu öffnen und genau seine eigenen Grenzen, Gefühle und Ängste zu kennen und benennen zu können, bei sich zu bleiben ohne Türen zu schließen und Mauern zu errichten.
Ab 38 bis heute ist die vorherrschende Zeitqualität geprägt von Bewusstheit und Erwachen im Sinne vom Erkennen des Roten Fadens, dass alle Erfahrungen und Ereignisse mich bis hierher geführt haben.
Mein ureigener Roter Faden, und es muss nur für mich stimmig sein, ich muss nichts beweisen, nicht mehr kämpfen für oder gegen etwas, niemanden überzeugen.
Ich darf mich zurück lehnen, staunen und fasziniert sein wie mit fünf Jahren … Hier schließt sich der Kreis …
Es gibt ein inneres Wissen von einer tiefen Liebe, die mich durch das Leben trägt, und ich
habe die Freiheit, zu entscheiden, ob ich dieser liebevollen Gewissheit folgen mag oder
nicht. Es ist das Leben selbst, für das ich mich öffne. Ich bin eingeladen, ein Teil des Ganzen zu sein.
Zum Abschluss ein Zitat des Dalai Lamas, das mich schon eine Weile begleitet …
„Wir leben nicht um zu glauben,
sondern um zu
LERNEN.“

Max P. Häring

Der Eremit - ich hab nix

Ende der Achtziger ging ich in Ulm zur Schule. Mit meinem ockerfarben-rostigen Opel Ascona pendelte ich jeden Tag von meinem Dorf nach Ulm und zurück.
An einem Freitagmittag war ich mit meinem Klassenkameraden in die Innenstadt gefahren und wir wollten über die Hafengasse direkt am Münsterplatz vorbeifahren. Zu jener Zeit war die Hafengasse eine viel befahrene Straße, heute ist sie für den Autoverkehr komplett gesperrt und gehört zur Fußgängerzone. Als ich in die Straße einbog, kam das Fahrzeug zum Stillstand und alle Startversuche misslangen. Das Hupkonzert hinter mir wurde immer lauter. Die komplette Zufahrt zum Münsterplatz war durch mich gesperrt und das Ganze an einem Freitagnachmittag, an dem jeder noch schnell vor dem Wochenende in die Stadt will. Mein Beifahrer war in bester körperlicher Verfassung, sodass wir den Opel gemeinsam in die Rabengasse schoben, um die Fahrbahn wieder freizumachen. Die Inhaberin eines Friseursalons erlaubte uns freundlicherweise, dort einen Kundenparkplatz zu belegen. Irgendwie sind wir beide dann doch nach Hause gekommen, das Auto mußte aber spätestens am nächsten Tag vom Parkplatz entfernt werden. Samstag um 10 Uhr in der Früh bin ich dann mit meinem Bruder wieder nach Ulm gefahren. Im Kofferraum eine Werkzeugkiste und ein Abschleppseil. Wir schleppten das Auto aus den engen Gassen Richtung Karlsplatz um einen Blick unter die Motorhaube zu werfen. Der Fall war nach wenigen Minuten klar, die Zündkerzen waren völlig niedergebrannt, auch Schleifen, Klopfen und andere Trickserereien konnten dem Material kein neues Leben einhauchen. Also mussten neue her und wir bemerkten, daß wir durch unseren Wechsel auf Arbeitsklamotten beide keine Geldbörsen dabei hatten. Nach Hause zu fahren , um uns erst nach einer weiteren Stunde auf die Suche nach neuen passenden Zündkerzen zu begeben, hätte das ganze Projekt vielleicht scheitern lassen , deshalb war Eile geboten. Zu der Zeit gab es keine Mobiltelefone und ich hatte keine Idee, wen ich in Ulm auf die Schnelle um 20 Mark für neue Zündkerzen bitten könnte. Just in diesem Moment kam MAD um die Ecke, begleitet von seinem Schäferhund. MAD war wohl einer der stadtbekanntesten Punker - der Schädel rasiert , die Füße in Springerstiefeln, die Schultern und Arme tätowiert mit Stacheldraht und dem Spruch „wenn Unrecht zu Recht wird, wird Widerstand zur Pflicht". (Der Stadtrat Ulm ließ sogar den Berblinger Brunnen, der damals als Treffpunkt der Punkerszene bekannt war, aus der Fußgängerzone entfernen , um die Punker aus der Innenstadt zu vertreiben)

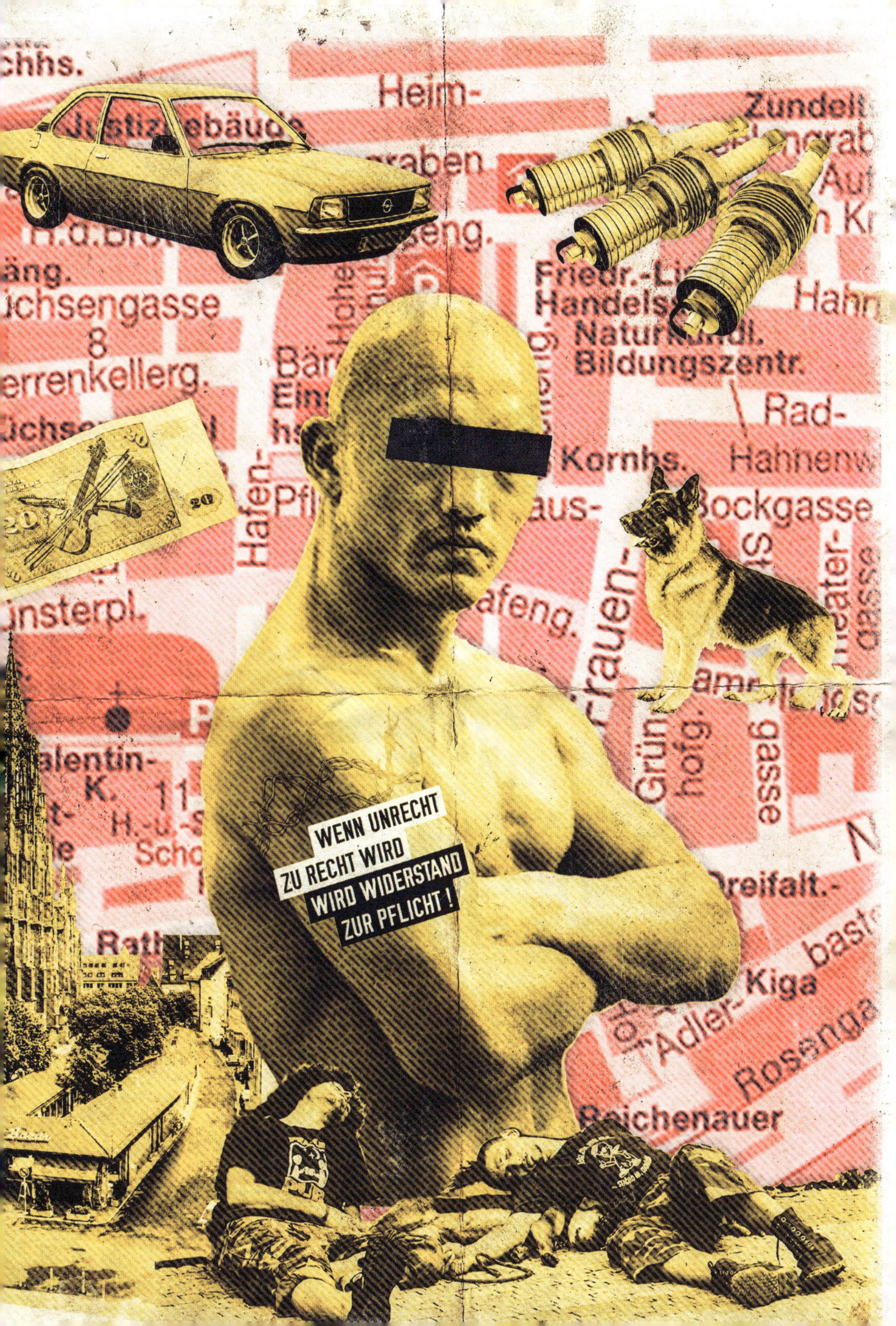
WENN UNRECHT
ZU RECHT WIRD
WIRD WIDERSTAND
ZUR PFLICHT!
Heim-
Zundelt
Friedr.-Li
Handels
Naturkundl.
Bildungszentr.
Rad-
Hahnenw
Kornhs.
Bockgasse
Hahn
uchsengasse
8
errenkellerg.
Hafen-
afeng.
Frauen-
Theater-
gasse
Grün
hofg.
gasse
alentin-
K.
Dreifalt.-
Kiga
Adler
Rosenga
Reichenauer
unsterpl.

MAD scheute sich nicht vor Auseinandersetzungen mit Polizisten , prügelte sich mit Nazis und schnorrte Passanten auch mal gerne an. Oft fand man ihn aber auch in einem apathischen Zustand vor, kein Gröhlen , kein provokanter Spruch, nur ein starrer Blick. Ich rechnete mir keine großen Chancen aus , dennoch wollte ich an diesem Tag den Spieß mal umdrehen , nahm meinen Mut zusammen, und fragte frech: „Hey MAD, kannste mir mal zwanzig Mark leihen?“ Dann wurde ich völlig überrascht, er zückte sein Portemonnaie und streckte mir den Zwanziger entgegen. „Wann und wo kann ich Dir das Geld zurückgeben?“, entgegnete ich. Er sagte nur : „Heute Abend ist ein Konzert im Donauturm , da sehen wir uns bestimmt“. - Ich habe ihn nie wieder gesehen.

GLORIA

CONTRA III

Alles Geschriebene bisher quark*
Oder hättest du einen Betroffenheitspokal gewollt?

CONTRA
Geschmeidigkeit.
Bleib
SPERRIG, Kumpel.
Es ist gut.
Dass es kratzt.
Nicht überall
FLUTSCHT.

MACHT

Wenn es einsam wird.
Können wir uns immer noch nach oben strecken.
Wo es manchmal schön blinkt.

*nach Robert Wienes

hausbesetzer info
LKSPREIS:
NE KLEINE
ENDE !
>Loch<
INSTANDBESETZEN BESSER
ALS KAPUTTBESITZEN !!
ULM, im MAI 81
VORSICHT !
einzigartiges
dokument

Udo Eberl

YX

Tu doch was, Elise... flüsterte er ängstlich in die dunkelheit.
„pssst... sei endlich still...die werden uns sonst noch finden,
Du nervensäge.

letzte zuflucht der nerven
starke zigaretten

„..dann lass uns eine finissage machen..da müssen leute
rein, verdammt...
„aber mach Dir nicht all zu viele Hoffnungen
„ich hole mir einen aschenbecher"
„bleib sitzen, ich hole ihn Dir"
„danke"

god save this hand

„Ihr narren, seht Ihr nicht die dunklen schatten, welche dieses weib..."
er führte den satz nicht mehr zu ende.
Dort war er. Der criminal club.
dunkle gestalten.
ich trat ein. meine nervosität überraschte mich,
so schwieg ich mir den weg durch den raum.

tonico per il viso - er schaute in den spiegel

„im laufe der zeit vernachlässigte ich die poesie"

der ölpreis und die folgen für die konjunktur
interessierte mich nicht.
Ich hatte anderes im kopf.
ich stand an der bar und beobachtete die gäste.
„ein bier und einen doppelten vodka, bitte !"
ich musste zur ruhe kommen, meine nervosität vor ihm verbergen.
In etwa fünf minuten würde er - hoffentlich alleine, erscheinen.

halb mensch halb maschine /mit zahlreichen farbigen abbildungen,
das war es. das musste ihn überzeugen. die tür ging auf und er trat ein.
ebenso zwei massige kahlköpfige körperschützer.

„machen Sie sich keine gedanken über die französische unterhaltungsmusik !"

er blickte mir in die augen.

love is a serious amusement -
that's the message, go
don't fail
i was dressed up as a human unrecognized
i hit the road
spirit educates it's truth
stood at the door i had to open
i did with care and had a look

„to think moralic is to murder",

said a voice.
I felt a gun, suddenly things got astray
cool water washed my thoughts away.

strong cigarettes

„heiratsschwindler"
die geschwindigkeit und die dichte der erzählung.

„wie konnte der mörder bei völliger dunkelheit sein herz treffen ?"
„hat er vielleicht eine zigarette geraucht ?"

einer der gäste sagte, er hätte im dunkeln einen roten
leuchtpunkt gesehen, einen zielpunkt, wie bei einem gewehr.

„er ist erstochen, nicht erschossen worden"
„oh, dann ... ergibt das keinen sinn... „

gesichtswasser

LA RÉVOLUTION SURRÉALISTE
Le BUREAU DE RÉCHERCHES SURRÉALISTES

nous expirons
nous respirons
Nous avons beaucoup
ri ensemble. En fin de
compte, tout est question
d´humor.
nous sommes en pleine nature

GREIF

DIE TRABANTENSTADT

Neu-Ulm und die Ästhetik der Moderne

Seit zwei Jahrtausenden gibt es den Mythos von Jesus, den der liebe Gott auf die Welt geschickt hat, um die Menschheit zu erlösen. Dabei wurde das alles von Rom und Jüdischen Eliten nach der Zerstörung Jerusalems erfunden, die das Judentum nach Jahrzehnten gescheiterter Aufstände und Kriege in der vergeblichen Hoffnung auf den Messias zu einer friedlichen, mit dem Römischen Reich kompatiblen Religion reformieren wollten. Nicht ganz so alt, aber ebenso hartnäckig hält sich das Märchen, Ulm wäre die Stadt mit Deutschlands höchster Kneipendichte. Eigentlich absurd, schon ein einziger Ausflug in das hiesige Nachtleben würde jeden vom Gegenteil überzeugen. Doch woher stammt dieser Irrglaube?

Der wahre Kern dieses Mythos liegt im 19.Jahrhundert, als Ulm und Neu-Ulm von Kasernen dominiert wurden. Die schwäbische Kreisstadt Neu-Ulm verdankt ihre Existenz dem französischen Kaiser Napoleon, der die Ulmer Gebiete rechts der Donau dem neuen Königreich Bayern zuschlug. Dessen Monarch Ludwig I. beschloss an dieser Stelle eine Stadt zu gründen. Neu-Ulm gehört damit neben Wolfsburg und Leverkusen zu den letzten großen deutschen Stadtgründungen – und steht diesen beiden in Sachen Attraktivität in nichts nach. Nach den Napoleonischen Kriegen wurden zahlreiche Städte in Süddeutschland entlang der französischen Grenze zu militärischen Festungen ausgebaut. Luxemburg, Trier und eben Ulm mitsamt Neu-Ulms. Die Einwohnerzahl schnellte dadurch Mitte des 19.Jahrhunderts von knapp 10.000 in wenigen Jahren auf fast das Vierfache. Für die vielen jungen Soldaten öffneten alsbald im ganzen Stadtgebiet kleine Kneipen. Die Burschen aus Franken trafen sich in der „Stadt Nürnberg“, die Jungs vom Bodensee in der „Stadt Lindau“ am Neu-Ulmer Bahnhof und die von der Ostalb in der „Stadt Heidenheim“ in der Ulmer Oststadt, die einzige, die noch heute so heißt. Auch in der Neu-Ulmer Innenstadt sind bis heute Reste dieser „Szene“ erhalten, wie etwa das mauschelige „Münster-Stüble“ – jetzt Arzu´s Treff. Noch bis in die 90er Jahre gab es in Neu-Ulm zahllose kleine Wirtschaften und Kneipen. Nach zwei verlorenen Weltkriegen allerdings änderte sich einiges. Zwar wurden die Kasernen in der Innenstadt aufgelöst, doch Neu-Ulm blieb das Militär erhalten. Statt der Wehrmacht kamen jetzt die Amerikaner. In den „Nelson“ und „Wiley“ Barracks tobte der US-Imperialismus. Und Kapitalismus. Für so manchen Wirt eine echte Goldgrube. Immer Mitte des Monats, wenn es für die GI´s ihren Sold gab, war im „Waldeck“ in der Reuttier Strasse die Hölle los. Im „Waldeck“, ein rustikales Lokal in Eiche-Furnier, lief immer der heiße Scheiß, weil die

Juke-Box mit den neuesten Hits aus den US-Charts, die die Soldaten aus dem PX-Kaufhaus am Allgäuer Ring mitbrachten, bestückt war. Am Nachmittag spielte man Flipper und hörte Prince und die Pointer Sisters, während im Café Omar immer noch Liedermacher und depressiver Progressiv-Rock liefen. Und natürlich die Discos, wie das legendäre „Liberty“ Im Industriegebiet. Mit Teenie-Disco am Sonntagnachmittag statt Teestube und Räucherstäbchen. Kurtis Blow und Kool and the Gang statt Kansas und Cat Stevens.
Die 1980er starteten in Neu-Ulm wie überall. Friedensbewegt, gegen Atomkraft. Langweilig. Doch das sollte sich ändern. Der erste zögerliche Versuch war das kleine Café Sunset in der Bahnhofstraße – ganz zeitgemäß mit weißen Kacheln und Neonröhren. Doch erst 1984 mit der Eröffnung des Café d`Arts nahm das Neu-Ulmer Nachtleben Fahrt auf. Es entstand das sogenannte „Bermuda-Dreieck“ – was nichts heißen will. Denn in jedem Kaff, das wenigstens drei Kneipen hat, die länger als elf aufhaben, nennt man das so. Innerhalb kurzer Zeit gesellte sich zum D´Art das Kairo, die Sonderbar, das Violet und schließlich im Industriegebiet das Ohne Worte. Man traf sich im D´Art und zog dann weiter in die Bars und Clubs. Neu-Ulm wurde ein bisschen wie München. Also fast. Das Cafe D´Art mauserte sich zum Szene-Treff. Abends zumindest. Es war seinerzeit im Schwäbischen noch eher unüblich, tagsüber im Cafehaus abzuhängen. Wir vom Gymnasium in der Nähe jedenfalls machten blau und tranken mit dem Barkeeper, dem Ulmer Musiker Sammy Sommermeyer („Herzen tanzen tief in der Nacht“) schon vormittags Tequila Pop. Im D´Art arbeiteten viele der lokalen Musik-Stars, und die, die sich dafür hielten. Ob das – wie der Kneipenname suggeriert – immer die ganz große Kunst war, sei mal dahingestellt. Wenn die „Local Heroes“ wie die hübschen Jungs von After the Fall, eine Miniatur-Ausgabe von U2 , oder Funk Unlimited aufspielten, war auf jeden Fall Party

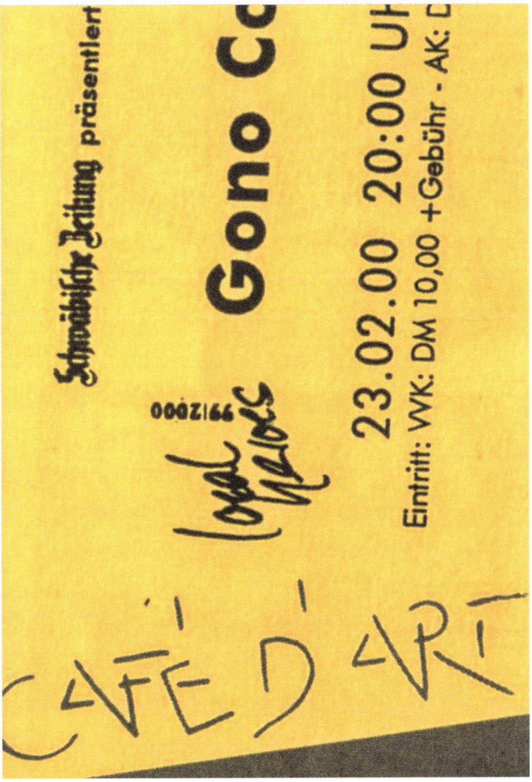

angesagt. Vor allem bei den Punkurgesteinen „Gono Cocks" – deren größter Hit „Keine Nacht unter Zwei Komma Acht" in etwa das in der Regel dargebotene Niveau umreißt. Ulm hat ja seine Qualitäten, ein Jahr war man sogar in der Fußball-Bundesliga. Musik war es eher nicht. Es wurde, wenn nicht gleich gecovert, meistens schlecht kopiert. Ging es dann mal ins Studio, wurden die Instrumente oft von hiesigen Studiomusikern wie Patrick Wieland eingespielt. Wagte sich eine Ulmer Band dann mal aus der Stadt heraus, setzte es meistens Dresche. Die Gruppe „Los Vegas" ergatterte sogar einen richtigen Plattenvertrag. Leider verglich die renommierte Musik-Zeitschrift SPEX sie mit dem englischen Skispringer „Eddie the Eagle": „Ihre Schanze ist ein cheesy-listening kompatibles Repertoire zwischen Sinatra und Gainsbourg. Los Vegas schlittern über Cover-Versionen wie „Brazil" und erwecken im Publikum Furcht und Mitleid, wenn sie steil bergab rasen und hilflos auf den gefrorenen Boden purzeln. Fast alle Zeugen hoffen natürlich, dass sie keine ernsthaften Verletzungen davontragen, weil solche Dussel es im Leben schon schwer genug haben. Eine Band zum Liebhaben, aber nur außer Hörweite."
Am erfolgreichsten in dieser Kleinkunstszene war der Bassist Helmut Hattler. Bekannt durch „Kraan" und „Tab Two". Andi Pfeil, der Gründer des D´Art erzählte immer wieder, wie sich Hattler und der Trompeter Jo Kraus im Flipper-Raum des D´Arts kennenlernten. Mir wurde förmlich eingetrichtert, wie toll „Kraan" sei. Das Konzert habe ich dann etwa eine halbe Stunde ausgehalten. Musiker, die ihren Proberaum auf der Bühne einrichten und nie zum Punkt kommen. Experten nennen das „Jazz".
Nicht wenige leiden seit ihrer Tätigkeit im D´Art unter einem regelrechten Jazz-Trauma. Tab Two lief dort tagsüber in Dauerschleife. Es gab dort eine Reihe namens „Jazz Kartell" – der Vorhof zur Hölle. Ich kann mit dieser Katzenmusik nichts anfangen, vielleicht bin ich auch einfach zu doof dafür. Aber noch schlimmer als die Musik selbst, war das affektierte, elitäre Publikum. Neu-Ulms größter Sohn, Late-Night-Legende Harald Schmidt sagte einmal, Leute, die Jazz hören haben auch 14 Flaschen Balsamico in der Küche. Weil sie damit signalisieren möchten, wir hören nicht nur die bessere Musik, wir haben auch den besseren Essig. Als einer aus dieser Blase – Gott hab ihn selig – früh verstarb, stand in seiner Todesanzeige: „Sein letzter Wunsch: hört mehr Jazz" – Klugscheißerei über den Tod hinaus.
In den 90ern Jahren begann der Stern des Café D´Arts zu sinken. Ehemalige Mitarbeiter eröffneten nur ein paar Meter weiter das „Fortschritt", auf der Insel trat das „Home" in die Fußstapfen des Aquariums. In Ulm gab es neue Clubs wie das Myer´s und die sagenumwobenen Kradhalle. Heute alle geschlossen oder nur noch ein Schatten ihrer selbst. Am Ende verlagerte sich

die Szene in die Ulmer Oststadt. Olga und Pufferbar sorgten dafür, dass immer weniger Ulmer den beschwerlichen Weg über die Donau fanden. Den endgültigen Todesstoß für das Neu-Ulmer Nachtleben besorgte das Rauchverbot, das eine nach der anderen Kneipe zum Aufgeben zwang. Fortschritt und Sunset sind heute Wohnungen, die Sonderbar ein Versicherungsbüro und das Violet wird zur Flüchtlingsunterkunft. Nur das D´Art hält weiter tapfer durch. Manchmal finden dort noch Konzerte statt. Hauptsächlich Cover Bands. Kürzlich lief ich daran vorbei. Einige Mitt-Siebziger versuchten sich an einer leicht retardierten Version von „Highway to Hell". Das war total nett, aber um es mit John Landau zu sagen: Ich habe die Vergangenheit des Rock´n Rolls gesehen. Nachdem ich 2002 im Cafe D´Art aufgehört hatte, war ich nie wieder auf einem Rock-Konzert. Bis heute.
Die Innenstadt Neu-Ulms ist etwa dreimal so groß wie der Alte Friedhof in Ulm, und inzwischen mindestens doppelt so tot. Aber das ist unterm Strich auch völlig Wurst. Niemand zieht nach Neu-Ulm wegen Nachtleben, Kultur oder großartiger Architektur. Wer es in Neu-Ulm schön haben will, fährt ins Allgäu. Was hier zählt sind Baugrund, Arbeitsplätze und Infrastruktur. Noch einmal Harald Schmidt: „Der Laden läuft doch." Hier tobt der Alltag. In Orten wie Neu-Ulm wird das Geld erwirtschaftet, das in Berlin für Gendersternchen verpulvert wird. Aber wie darf man sich die Zukunft vorstellen? Im "Luftbildatlas Ulm" von 1987 analysiert ein Stadtentwickler die Kleinstadt: „Neu-Ulm besitzt mit der Insel ein echtes Juwel, das allerdings völlig ungenutzt bleibt." Die Insel wurde inzwischen mit einem Sparkassen-Glasklotz quasi unkenntlich gemacht. Eine gastronomische oder kulturelle Nutzung war nie im Gespräch. Die Anwohner der sündhaft teuren Immobilien freut es natürlich. Darüber hinaus besitzt Neu-Ulm ein nahezu traumwandlerisches Gespür, die paar schönen Ecken, die man noch hat, auch noch plattzumachen. Den Konzertsaal etwa genauso wie den alten Bahnhof und die Villenviertel zwischen Illerkanal und Donau werden langsam aber stets durch Neubauwürfel zerstört. Zum Donaucenter schrieb der Experte, es sei wie eine große Ouvertüre, nach der im Anschluss nichts mehr passiert. Dieses „Nichts" frisst sich wie in der Unendlichen Geschichte immer weiter in die Umgebung. Christian Kracht bezeichnete einmal die Ästhetik der Moderne als einzigen Irrweg. Die hässliche Fratze moderner Architektur ist in der Tristesse Neu-Ulms allgegenwärtig. Ob in den Klötzen am neuen Bahnhofsareal oder im preislich hochwertigen Wiley, mit SUVs und Schottergärten vor und den riesigen, nie benutzten Trampolinen hinter den Häusern - modernes Spießertum in Reinkultur.
Kneipen oder Bars sind in diesen Projekten überhaupt nicht vorgesehen.

Kultur findet, wenn überhaupt, von öffentlicher Hand organisiert statt. Das ist auch der Plan. Wie Kultur in Zukunft stattfindet, kann man im benachbarten Ulm sehen. In der „Kulturfahrschule“ und im „Gleis“ wird „Subkultur“ neu definiert. Früher „Underground“ – steht es jetzt für „Subvention“. Die regierende Partei stellt besonders linientreuen Genossen oder Verwandten und Freunden geeignete Locations miet- und risikofrei zur Selbstverwirklichung und Absahnung zur Verfügung. Wobei „Kultur“ heutzutage zu 95 Prozent aus Techno-DJs besteht. Alibimäßig wird dann einmal im Jahr noch „Rock gegen Rechts“ und ab und an am Sonntag eine Literaturlesung organisiert, das war es dann. Das wichtigste für „Kulturschaffende“ ist heute „Kulturförderung“. Ein Ulmer Gastronom spottete einst, als einer seiner Mitarbeiter ins „Roxy“ wechselte, da lernt er als erstes, wie man richtig die Hand aufhält. Der Staat alimentiert und kontrolliert sowohl die Künstler als auch die Gastronomie. Falls die dann mal aufmucken, wie rebellische Tatort Kommissare, werden die sofort von ebenso öffentlich finanzierten Journalisten medial zum Schweigen gebracht. Der staatliche Eingriff kommt am Anfang als Vorteil oder Wohltat daher, endet aber zuerst in Gängelung und schließlich in Entmündigung. Eine freie, unabhängige und pulsierende Szene, wie es sie sogar in kleinen Städtchen wie Neu-Ulm vor gar nicht allzu langer Zeit gab, war einmal und wird es nie wieder geben. Das „frei“ fungiert in Zukunft nur noch als Slogan. „Freie Deutsche Jugend“, „Radio FreeFM“ – frei ist da gar nichts. Und bevor man jetzt schlechte Laune bekommt, greift man zum zweiten Hit der „Gono Cocks“: „Wenn´s d mal so richtig dreckig geht, hau dir ein Bierchen rein.“ Das funktioniert auch ohne Kneipe oder Kultur.

DER POPPERBRUNNEN

Es gibt Alt-Rocker, Alt-Hippies und Alt-Punks. Warum gibt es eigentlich keine Alt-Popper. Neulich erzählte eine junge Dame, eine Barkeeper*in, eine an sich belanglose Geschichte, die sich, wie sie meinte am Vortag am „Popperbrunnen“ zugetragen hätte

Erstaunt darüber, dass offenbar noch immer junge Leute den Brunnen am Ulmer Rathaus „Popperbunnen“ nennen, fragte ich, ob sie denn wisse, warum der so hieße. Die Antwort kam wie aus der Pistole geschossen: Weil da die Leute früher gepoppt haben. Dabei tut man dem Popperbrunnen absolut Unrecht. Der Rathausplatz gilt als eine der wohl schönste Cruising-Meilen nördlich der Alpen und kann es im Sommer vom Flair mit jeder italienischen Piazza aufnehmen. Wer meinte da noch, Popper überfährt man am besten mit dem Chopper….

tanzkorsett
tautologisches gold gold
ein herumtollen in den schnurrenden wolken
ein weiterwachsen an der amputierten erde
das „schöner angezogen" sein und die geräusche sauberer,
fast schon singapur
also kein zerfall und keine schmetterlinge im flug
das wachsen erfährt sich selbst
als film eine blüte der unsterblichkeit duftend
japanisch regenlicht
die reisenden schwertwolken mit schnitt
schafsblumen auf wanderschaft
sitzen und eine unterhaltung mit kaffee, raus aus lissabon
lüsternes bonbon, welches du versteckst
die heimlichtuerei in deinem mund
die dunkelheit der essenz beleuchten
euphorie als karamell gebacken
die lungen zur erde hin gedreht, zum licht der nacht
wenn die eisschollen im auenwald um sich schlagen
auf den einsamen, frostigen see hinausgehen
wellenreiten auf einem großen herz
nelkenrütteln auf dem schoß, das verweilen komponieren
nachts das tote fleisch im seidenkimono zu besuch
im soundtrack der gelangweilten, der festgezurrte frauenkörper
das lebende korsett
ins enganliegende korsett geatmet werden
das herz-und lungenkorsett anlegen
du hast dir eine haptische betonbestie angeschnallt
meine beine sind verzauberte besen und müssen durch die kugel kehren
schneebeine, die mir unter den fingern davonrieseln
der lachende kinderschlitten rast und rieselt ins offene meer hinaus
wir rechnen mit der schneeleopardin und ihrem hungrigen schüttelfrost

DIVA VOLLMUND PRODUKTION

es heißt ich hätte
sehr unsolid getanzt
aber es reut mich nichts
dazu war
mir
der abend
viel
zu nett

der tödliche foxtrott
reitet salzig
die falschen zeilen
den falschen akkord
ich bin
weit weg
weltweit
musik
BABYLON

marlapazz

„...na ja, nicht sehr plausibel, eher merkwürdig, übrigens, wer ist der tote überhaupt ?“

everybody`s gettin`high high high

„ich verspreche Ihnen billiges glück“

sang der singende Sänger.

sprachplanung und ausführung, stottern nur bei muttersprache nicht bei fremdsprache, cannabis lässt hirntumore aushungern. Christopher reeve als prominenter vertreter der stammzellenforschung.

„die gedanken des durchschnittsmenschen sind zu 97 %
mit denen des vortages identisch.
3 % aufhellung und umwälzung
„erreiche ich die 3% heute überhaupt ? „

sicherheit durch frischen atem !

christliche triebunterdrückung, und wer weiss, vielleicht wurde mit dem gewehr nur gezielt, so dass der mörder mit dem messer wusste, wo er zu stechen hatte.

Ariane 5 trägerrakete französisch guiana
„Nicht vergessen : konflikte lösen mit gewalt“

Die wahre, absolute, mathematische zeit fliesst aufgrund ihrer eigenen natur aus sich selbst heraus und ohne beziehung zu etwas äusserem gleichförmig dahin.
nichts klingt so unglaublich wie eine unkonventionelle wahrheit

we're living in dangerous times
erfolg ist reputierlich
verlierer : arbeitslose, alte, jugendliche, kinder
kaos, krankheiten und verfall

im iran herrscht schwermut - fremde männer heiraten müssen !

die wahrheit ist der schatten der lüge

saturnringe = bunt

individuell scheitern als Erfolgsidee

vor allem wies er von sich die gesellschaft vergreister jugend

die sehnsucht, geliebt zu werden ist literarisches weltmeer

hygienisch agressive abwehrhaltung, sublimieren des analen."

er drehte sich um, nickte seinen beiden personenschützern zu, die sich daraufhin entfernten und fuhr fort.

WEHRT
EUCH
BITTE

Sie hörten das Kriminalstück „Der singende Sänger“ von Ellah Dark auf RADIO GOLD.
Professor Almuth Zenz verführt Sie durch diese Sendung.

Eine bittere Tatsache ist, dass wir heute eine Demonstration, wie 1983 gegen eine Raketenstationierung vor der Haustür nicht mehr zusammenbekommen würden, keine zehn Menschen könnten sich mehr zusammenorganisieren, weil wir im Waterloo der Befindlichkeiten und täglicher Druckwelle von Informationen, unserem unnützen Wissen über die Welt, ertrinken. Zu weit sind wir als Spezies auseinandergedriftet, um eine grössere Schnittmenge zu formen, mit gegenwärtigem Widerstand die Problematik vor der Tür lösen zu können, stattdessen als weisser Gutmensch die schwarze Welt retten wollen, um unseren eigenen Wohlstand zu sichern.

Wenn die Organisatoren heute zu einer solchen Demo aufrufen würden, wäre nicht der Inhalt ausschlaggebend, sondern die Personifizierung. Wer ruft auf ? ist die wichtigere Frage als Wozu wird aufgerufen ? Ist Peter Langer auch wirklich okay, oder hat er sein Diplom plagiatiert ? Das Internet ist eine wunderbare Sache, doch die vielen Informationen entfernen uns Schritt für Schritt weiter weg vom Paradies, vom eigenen Kern der Entscheidungsfähigkeit. Jegliches klar spürbare Widerstandsgefühl wird durch Informationen verwässert und löst sich auf in hilflosem Freischwimmen. Vorgetäuschter Orgasmus, vorgetäuschte Empathie. Widerstehen ist wieder stehen, nachdem wir hingefallen sind, wie das Laufen lernende Kind.
Wir hecheln von einem Termin zum nächsten, so schnell, dass wir Missstände nur noch kurz aufblitzen sehen, weiter funktionierend, das Wesentliche nicht wahrnehmend.

Einige Jahre später, wenn wir an der Muttersau im Kulturstall an ihren Zitzen liegen, werden und wir genau so konform daherreden, wie alle anderen Sender, uns selbst feiern und uns nichts mehr trauen, alles genormt und geformt, wünschen wir uns, wieder aufgestanden zu sein, nicht liegengeblieben zu sein, in der Pfütze des Beliebigen.
„Was wir machen hier im Studio, ist ein freies Radio.

Mit dieser Sternstunde der Ansagelyrik schiebe ich das Mikrophon zu meinem geschlechtslosen Kolllegin, DIVA VOLLMUND. on the air. RADIO GOLD FM

„Mein grösster Alptraum ist es, Schlagzeuger bei den Rolling Stones zu sein. Als Strafe, weil ich als Kind zu viel onaniert habe, muss ich nun lebenslänglich Mick Jagger zusehen, wie er mit seinem knochigen Arsch wackelt, während er unverständlich-beliebige Lyrik aus seiner zum Singen untauglichen Kehle quetscht. Der jaulende Knochen sollte in einer einzigen Falte von Almuth für immer vom Globus verschwinden. Einzig guter Song: Waiting On A Friend auf TATTOO YOU von 1981, als Ton Steine Scherben bereits von Einstürzenden Bauten sangen, etwa einem Turm ohne Fenster.

Jim Morrison in LA. derweil, mochte seine Stimme nicht, hatte gar Komplexe deswegen, sang anfangs mit dem Rücken zum Publikum; Der Typ, der uns mit seiner Politik der Erotik und seiner lasziven Stimme aufrief, die Liebenden das Feuer in uns zu entfachen und uns auf dem Sturm reiten lässt. Ich wünschte mir mit Millionen anderen Menschen, Mick Jacker ginge es genauso. Es gibt wunderbare songs der Stones, keine Frage, warum halten sie sich aber nicht an Instrumentalstücke, wie die Shadows ? Warum ein knochenes Sexsymbol als Mikrophon ?

James Douglas Morrison galt im Auslaufmodell des „summer of love“ in den prüden USA`70 ebenfalls als Sexsymbol, Andy Warhol war entzückt von ihm. Morrison baute dies Image erst tüchtig auf, narzisstisch liess er sich als Sexy Hexy des JazzRock tausendfach ablichten, wurde gesehen, katapultierte somit die Band zum Rockhimmel, zerstörte dann als Jimdo, zu dem er mutierte, wenn er Feuerwasser trank, als Reinkarnation sämtlicher Natives, alles bisher aufgebaute, wie es sich für hinterfragende Künstler gehört. Der Satz im Miami Konzert genügte : „Ihr seid nicht wegen der Musik da, sondern weil ihr mein Geschlechtsteil sehen wollt, Ihr seid Sklaven“!
Ein Griff in den Schritt, Blick zu einem Girl mit Freund,

einmal an den Saiten des Gitarristen geleckt, Fans stürmen die Bühne, welche zusammenbricht. the End.
Die gerade begonnene US Tour wurde komplett abgesagt.
22 Konzerte, wie das grosse Arkana aus dem Tarot.
MOJO Rising wollte Dichter sein, schaffte das auch, trank sich konsequent fett und bärtig, wurde noch dichter, aber immerhin war er kein Sexsymbol mehr. wozu auch? Wie sich die Indians in den Reservaten totsoffen, so folgte er ihnen als Lizard King - who can do everything. Jimdo wollte wohl auch keine 100 werden, wie sein Vater, der immer noch irgendwo in eine Kamera faselt, Jim hätte Karriere bei der Army machen sollen, er hätte doch keinerlei musikalisches Talent, der ihn schlicht nie „sah". Zum Sterben legte sich Jimdo nach Paris in eine Badewanne. The doors of perception, die Türen der Wahrnehmung.
Mick Checker gröhlt immer noch Satisfeeekschion in Stadien, wo sonst Fussball zelebriert wird, zum Volk, weil sie es hören wollen, und keine eigenen Ideen haben. Er muss in einem ähnlichen Dämmerzustand verweilen, wie Daddy Morrison. Wenigstens singt Letzterer nicht.
Jimdo beendete die Karriere als Rockstar am Zenit, wo auch die Beatles aufgehört haben, gefällige Clowns für die Masse zu sein, weil sie sich auf Konzerten bereits 1966 nicht mehr selbst haben spielen hören, so laut war das Personenkult-Gekreische der Fans, nicht des Inhaltes wegen. Inhalt belastet, deswegen besaufen sich Radio 7 - Moderatoren in einer Punk-Kneipe, auch sie wollen ein Leben vor dem Tod. Ich will rot.
Letztes statement der Super Beat Helden war das spontane Nachmittagskonzert auf dem Dach ihres Apple- Hochhauses. Der Turm stürzt ein, halleluja.

Das Vorspiel ist die kreative Erotik, der Orgasmus ist der allgemein vorherrschende Hirntod.

„Trinken ist die ewige Wette mit sich selbst, bei jedem Schluck, denkst Du, Du steuerst es".
Musik ist wichtig, absolut. Es ist Kunst, Statement, Unterhaltung. Was bitte, ist Unterhaltung?

Gute Laune - Good Morning - Show ? „let it be“, schon immer falsch interpretiert, nicht „lass es sein“, sondern „lass es zu“ - das Feuer in Dir ! we all shine on & power to black people !

Es gibt einen song der „Last Poets“ von 1969, „niggers are scared of revolution“

Götzenverehrung ist im Mindesten so dämlich wie religiöse Ausrichtung, wir sind die Stars, jeden Tag. We are the lizard queen - we can do everything !

In der Bandinfo zur ersten Studioplatte der Doors, gab Jimdo die Auskunft über seine Eltern wie folgt an : DEAD !

Nicht gesehen zu werden ist, wenn es unglücklich läuft, das „Stirb langsam“-unseres Daseins.
Oder stirb schneller, wie Jimdo.
Ein Leben lang wird dieser verlangende Respekt vor den Alten propagiert. Wo ist die Umkehrung des Respektes vor den Jungen?

sprachplanung und ausführung - stottern meist nur in der muttersprache, bei fremdsprache hinfällig.

Diese versuchen womöglich ewig, Ihre Eltern weg zu reflektieren , bis sie an ihren Kern kommen, der aber unter Scheisse vergraben ist. Das nicht gesehen werden lässt sie ewig auf der Rundung eines Fragezeichen-Symboles herumirren, meistens rutschen sie in den Abgrund.

die wahrheit ist der schatten der lüge

Wir empathischen Kinder werden jedoch temporär gerne gesehen, weil wir so süss sind, und gebraucht werden. Wenn wir dem Nachbarn, dem Priester, dem Lehrer, dem Bruder, dem Grossvater, dem Volleyballtrainer, dem Musiklehrer, dem Zahnarzt, dem eigenen Vater, dem

FECIT
2021

Stiefvater, dem zweiten und dritten Stiefvater oder Postboten seinen stinkenden Penis halten sollen, weil es beim Pinkeln angeblich immer so weh tut. Das Publikum klatscht. jetzt klatschen!

christliche triebunterdrückung

Es ist ein erhebendes Gefühl, gesehen und gebraucht zu werden. Die Erwachsenen wissen, welch empathische und treuherzige Tiere wir sind. Wir wollen beachtet werden, gesehen.
Everybody's getting high, higher and higher. high way to hell.

problem- wunschzonen   ess/trinkverhalten / psycho

Die Morloks wissen, dass wir empathischer sind, als sie selbst. Sie haben aufgegeben, selbst zu denken und zu fühlen, einzig, übriger Instinkt ist der Sexualtrieb und herrschen zu wollen. Sie wissen auch, dass wir etwas für sie tun können, wenn wir auch sonst zu nicht allzuviel taugen.

Die Erwachsenen sind sich ein Leben lang dieser Vorkommnisse bewusst. Sie rasieren sich täglich, pudern sich und binden ihre Krawattenknoten und blecken die Zähne, die uns vielleicht mit dreissig Jahren fehlen, in den Spiegel :
„ Heute wird ein guter Tag für mich, yeah. Let's make a Millionen dollars"

Die Grausamkeit aktiver und passiver Misshandlung von Schutzbedürftigen hält sich die Waage.
Wir Kinder sind uns ein Leben lang dieser Vorkommnisse nicht bewusst.
Wir haben sie in eine Schublade zu den Wiedervorlagen gesteckt.
Irgendwann ziehen wir sie raus, an einem Regentag, vielleicht nächste Woche.
Bis es endlich regnet, schaufeln wir tonnenweise Koks in uns rein, rauchen Plantagen leer, saufen einen See leer,

gefüllt mit Rum, Bier, Wein und Jägermeister, dann rennen wir zahnlos durchs Nachtleben und suchen eine wärmende Hand.

GOD SAVE THIS HAND

Werden weggetreten, weil wir nicht mehr gesellschaftskonform sind und kein geiler Anblick in dieser feinen Gesellschaft. Beziehungsunfähig, egoman, suchend, suchend, suchend.
Der wundersame Kreislauf der Zerstörung.

Erträglich - und nicht gleichermassen vernichtend, wäre es, wenn Einer von denen die Eier, die er dem Kind hingehalten hat, auch in der Seele baumeln hätte, und sagen könnte:
„Es tut mir leid - ich habe einen Fehler gemacht, hatte Stress im Büro"
Dieser Satz würde viele Fragezeichen-Tänze und eine Menge Geld für Drogen einsparen.
Oder wenn Ich sagen würde, dass ich lieber dem anderen Arschloch neben mir an der Theke zugehört habe, als Dich ins Bett zu bringen und bei Dir zu bleiben..., mich zu verwirklichen, ein Buch zu schreiben, meine eigene Beerdigung zu inszinieren, die Liste ist endlos.

Zitternd fragt der Moderator: „Sind wir auf Sendung ?"

ON THE AIR - RADIO GOLD :
„Kinder, es tut mir leid. Ich liebe Euch. Ihr seid die Wildnis, die mir verloren ging."

Wenn wir Alten damit warten, bis wir auf dem Sterbebett liegen, wo sie uns wieder trösten müssen, sind sie selbst schon alt, verhärmt und haben nie richtig gelacht. Oder sie sterben schon vor uns, ein Grund mehr, uns selbst zu bemeitleiden.

Der Fehler ist der Fehler. Das Verleumden ist die Zerstörung einer anderen Seele.

Bevor ich Euch ein Lied in Euer Blaupunktradio und direkt in Eure Seele sende, möchte ich ein kleines Gedicht, eines liebevollen, kämpfenden Menschen vorlesen:

„Der Schniedel schrumpft,
der Busen schwillt,
Dort, in der Zwischenwelt,
ist alles halb so wild“

Rutschender Basslauf, schlagende Gitarre, Rassel
Frauenchor, Männerstimme

„Doo do doo do doo do do doo...“
Menschen wie Du und ich
sind Sonderbar.
Aber nicht, dass wir Nachtmenschen werden.

From me to you - DIVA VOLLMUND: egal, wie das Leben der Anderen Euch mitspielt:

„Holly came from Miami, F.L.A.
Hitch-hiked her way across the U.S.A.
Plucked her eyebrows on the way
Shaved her legs and then he was a she
She says, „Hey, babe
Take a walk on the wild side“
Said, „Hey, honey
Take a walk on the wild side

And the colored girls go...“

Pisa73

Hundsmiserabel

Das Telefon läutet, die Stimmen sind vergeben,
Es fragt heute keiner, wie die Köpfe beben
Füße voller Blasen, Augen die nur schlafen
Vollgestopfte Waschmaschinen, gefüttert,
Um sie dann zu leeren,
Gequältes wird es ewig geben

Günzburg, Ulm, 35 km, die Scumbag Roads aus Günzburg skandieren auf ihrem ersten Album : Kampf und Widerstand, es gibt kein ruhiges Hinterland. Es erscheint ein Sampler mit dem Namen „ Ein Dorf dreht durch“ mit insgesamt sieben Bands. Woher kommt sie die Energie, die Leidenschaft, das Aufbegehren, die Zeit der Bewegung ?
Gibt es ein Zuhause? doch was steckt in mir, will endlich raus
Ich komm, ich komm, Steig ein in den Wagen, die Handbremsen sind los,
Der Wagen beginnt die Fahrt und es gibt kein zurück

*Es kommt, es kommt , bist du bereit,
Ach wär es doch endlich schon so weit
Es kommt, es kommt, bist du bereit
Ach wär es doch endlich schon so weit
*(Text von Rio Reiser)

Exit Ritterstube Günzburg . Das Sammelbecken, die Heimat, die Festung der Verkorksten, der Unanständigen, der weder geformten noch genormten, der Alkoholiker, der Arbeiter und Punks.. und Jorgo , der Wirt, hatte sie alle im Griff. Das Nachtleben, es teilt sich in zwei Tribünen , links der Stammtisch , rechts die Punkrockbar, insgesamt 25 qm Einraumwohnung. Die Begegnungen umschifften die völlig unterschiedlichen Lebensmodelle.
Das Modell Blaumann mit Oberlippenbart und Lederjacke mit dem Logo Talk- Action= Zero , griechische Kartenspieler im Zigarettennebel, und alle mit dem gleichen Ziel:

REVOLUTION

~~STARTS~~

~~AT~~

~~CLOSING~~

TIME.

PUNKROCK'S COMING HOME
EIN DORF DREHT

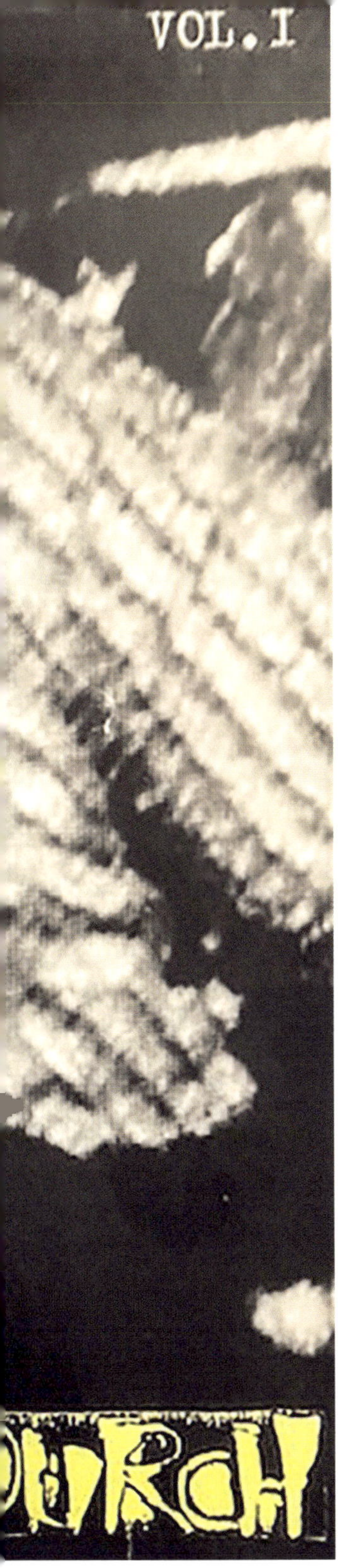

Spätestens beim Verkünden der Sperrstunde sind sich alle einig. Es muss weitergehen, denn der Zug in dem wir alle sitzen fährt weiter, immer weiter. Dieser Zustand darf jetzt niemals zu Ende gehen.
Folge an der Theke: Es gibt Verlängerung,

Die politische Gesinnung, die Haltung, Fäuste flogen, Scheiben gingen zu Bruch, doch es gab keine langen Krisen, es gab diese Verbindung, um trotzdem alle zu vereinen, oder war es am Ende doch nur der Suff?
Ein Kodex, es gibt keinen Aufnahmetest beim ersten Besuch der befreundeten Punkrockband Mädels no Mädels , sondern nur eine Bestellung : Bitte ein alkoholfreies Bier. Jorgo völlig irritiert: Du bist hier in der Ritterstube , Blick zu ihm, Blick zu mir,
Folge an der Theke:
Bier
Und
Die Jukebox spielt :
Dead Kennedys- Too drunk too fuck,
Ramones- sheena is a punkrocker,
Specials- a Message to you Rudy
Die Jukebox spielt leider nicht:
Ton Steine Scherben: Ich will nicht werden was mein Alter ist

Was ist das, das immer noch im Herzen liegt?
Ganz unten, im Taumel
Ausnahmezustand
Es gibt die Tage, an denen du Leben spürst,
Musik in dein Gehörgang fliegt, die Faust ist geballt,
Kein Totentanz im Herzen, da sind doch noch Bilder,
Die niemals jemand verbannt, das ist dann
Der wahre Kampf

einer
musste
ja
schließlich
damit
anfangen
Amaliensir.
FREIHEIT

zukunft
ist
wichtig
zustand
egal
alles
ist
richtig
alles
normal
BABYLON

Welche Maske trage ich heute in diesem ewigen Kampf ?
Welches Gesicht zeige ich der Welt ?
Ich überlege, mit der Wahrheit hinaus zu laufen
Aber das wäre absurd , das kann man doch nicht machen , oder ?
Manchmal denke ich darüber nach, ob es absurd ist, dass die Menschen sich immer etwas vorspielen oder ob es absurd wäre wenn man es nicht tut und seine Emotionen frei und offen für jeden sichtbar macht .
Naja die Variante mit der Maske ist eben die Norm, und man zeigt sich doch nicht einfach so wie man ist.
Also suche ich mir mal wieder eine Maske raus, welche Emotion setze ich heute auf mein Gesicht ?
Wenn man mal darüber nachdenkt ist es total anstrengend sich das jeden Tag überlegen zu müssen bevor man raus geht..
Wisst ihr was? mir reicht es jetzt ! Ja, ich habe mich entschieden, heute gibt es keine Maske, heute gibt es keine Lüge, ich sehe müde aus, und ja vielleicht auch traurig und genervt. Aber ich bin doch hier nicht in einem Theaterstück gefangen !
Nein, heute trete ich aus , ich trete aus aus dieser Norm , ich habe keine Kraft mehr um Jedem etwas vorzuspielen . Ich bin ich, das ist mein Gesicht und das sind meine Emotionen ! Das ist meine vollkommene Wahrheit.

So, und jetzt raus vor die Tür, und die Fassade lasse ich Zuhause liegen !
Und wer weiss, vielleicht kann ich ja etwas damit bewirken und sehe bald die Gesichter der Anderen auch ohne Maske...

STATEMENT

Geboren im Rheinland, naturnahe aufgewachsen in Tettnang am Bodensee. Grundschule, Gymnasium, Umzug nach kläglichem Scheitern der 8. Klasse, nach der 10. Klasse dann mit Realschulabschluss meinen schulischen Werdegang beendet.
Ende der Achtziger (direkt nach der Schule) begann ich relativ zielunorientiert eine Lehre in Ulm, die mich in den Pausen immer wieder in die Stadtmitte führte, am Berblinger Brunnen vorbei.
Dort saßen damals immer bunthaarige Menschen beisammen, mit Hunden und immer Bier am Start.
Meist war es laut und als mutmasslicher Unterstützer wurde ich immer wieder auf ´ne Mark angefragt. Ich fand dieses Punkding interessant und begann, mich damit zu befassen, in die Musik reinzuhören, mich politisch zu informieren. Dementsprechende Magazine (Fanzines) liessen mich weiter in die Materie eintauchen, weg vom Mainstream.
Nach der Lehre kam der Zivildienst und durch einen Zivi-Kollegen aus Stuttgart, der in einer Punk-Band spielte, kam ich dem Punk-Thema noch näher. Aus Amerika schwappte gerade die Hardcore-Bewegung zu uns rüber und interessierte mich zunehmend.

Ausgegangen wurde damals ins Violet in Neu-Ulms Dieselstraße zum Tanzen oder ähnliche Lokalitäten um Ulm, wie das Schlicker in Heuchlingen oder die Rätsche in Geislingen, oder das JUHA . Ansonsten ging es richtig viel auf Konzerte, einmal den Spirit und die Energie gespürt, konnte ich nicht genug bekommen. Man traf sich bei Heidi und Peter (unsere damalige Stammkneipe „Stadt Heidenheim) – spielte Tischkicker, diskutierte, unterhielt sich, lernte neue Leute kennen und fuhr auch von dort aus auf Konzerte. Im Umkreis von 150 km war kein Konzert unerreichbar, für wichtige Shows fuhr man auch weiter oder machte gleich eine Tour. Damals gab es auch in Ulm, hauptsächlich im alten Club Schilli auf dem Magirusgelände, noch viele Punk- Konzerte,
die musikalisch zwar ansprechend waren, doch es gab immer irgendwelche Streitereien und Prügeleien untereinander, was ich seltsam und befremdlich fand.

Die Stammband des Beteigeuze „Die Kassierer“ und NEGAZIONE aus Italien blieben mir am meisten in Erinnerung, die Kassierer, weil sie lustig und chaotisch waren, NEGAZIONE beeindruckte mich musikalisch und durch ihre Power.

Ich kaufte dann immer mehr HARDCORE – Platten und konnte mich zunehmend mit der Musik und dem politischen Statement identifizieren, welches zum HARDCORE dazugehört. Viele der Themen, die heute wieder vermehrt diskutiert werden, waren damals schon Inhalte der Bands.
Das Interesse an Vegan- und Vegetarismus, Faschismus, Rassismus, Sexismus und natürlich der Kapitalismus, sowie Geschlechtergleichberechtigung vereinte die eigene Haltung mit der Liebe zu ungebändigter, exzessiver Musik.

INSEL
BEIM BSCHEID 1 7900 ULM 0731/1615444
Sa 12. Mai
Ulm 20h
Cursed
GEISL.
NO
NO YES NO
MÜNCHEN
SEVEN SIOUX
ÖSTERREICH

Man ging damals demonstrieren gegen PERSHING II , für Tierrechte, gegen immer wieder aufkommende, rechtsorientierte Parteien und gegen oder für Schlechtigkeiten oder Inhalte in der Welt auch immer, wovon es unendlich viele gibt, veranstaltete politische Aktionen, wollte nicht Mainstream denken...

Nachdem wir im gesamten Süddeutschland auf HC- Konzerten unterwegs waren, dort auch viele Gleichgesinnte kennenlernten und immer mehr das Lebensgefühl übernahmen, habe ich dann endlich mein erstes eigenes Konzert veranstaltet, im Jugendhaus Insel im Blaupark mit drei Bands. Mehrere Freunde unterstützten mich dabei, ohne deren Hilfe ich folgend oftmals ganz schön alleine dagestanden hätte.

„ SHELL TANKT APARTHEID" wurde in stundenlanger Kleinarbeit auf ein Banner gemalt und hinter der Bühne angebracht. Der Flyer wurde zusammenkopiert, SULDI aus Geislingen übernahm das Mischpult und zauberte erstklassigen Sound. 150 Menschen kamen zu diesem ersten Konzert mit NoNoYesNo aus München, CURSED aus Geislingen und 7sioux aus Linz, Österreich.

Es war bewegend, so viele Menschen glücklich und beseelt zu sehen und es gab keinerlei Aggression oder ähnliches. Die Bands schliefen, wie es damals üblich war, bei mir in der WG und waren damit auch zufrieden, wo heute nur noch Hotels ab vier Sterne geht.

Nun, erstes Konzert erfolgreich veranstaltet und nun ging die wilde Reise los: Zu dieser Zeit kamen immer mehr amerikanische Bands über den Teich auf Tour und recht schnell wurden auch diese engagiert und im damals ziemlich neuen ROXY, diversen Jugendhäusern in Ulm, Langenau und Blaubeuren veranstaltet – OFFSPRING – NOTWIST – RANCID – BEATSTEAKS – FUGAZI -
S.O.I.A. - GUANO APES – CHUMBAWAMBA …
Ein Name musste her, welcher mit USELESS CONCERTS schnell gefunden war, ab sofort liefen all diese Konzerte unter diesem Namen. Das Alles mit wahnsinnig viel Enthusiasmus und Idealismus, Geld war damals mit diesen „nutzlosen“ Konzerten kaum zu verdienen, wenn es einmal klappte und aufging, wurde beim nächsten wieder draufgezahlt. Aber, was ist schon Geld !!!

oto: Hippe Habasch

Ihr fröstelte, ihr Nacken war verhärtet und versteinert. Sie wollte Wärme, ein wärmendes Bad. Sie stellte die Hose an die Heizung und liess das Wasser des Widerstands in die Wanne laufen.
When you take me // or when you may // I will fall for you..

Die Wanne ist voll, yuhuhu ! Sie beobachtete atmend, wie die Gänsehaut in südliches, wärmeres Gefilde flüchtete, umsich dort von der Kälte zu verabschieden, für immer.
Love isn't easy // easy to find // I'll stay for you

Juke Box Baby. wie lange war sie nicht mehr tanzen ? Wie beschissen langweilig war dieses Reihenhausleben mit diesem feigen Arschloch und seinem scheiss After shave. Er soll es sich an den After schütten, dann brennt es wenigstens.
Sie bügelt die Hemden eines Sparkassenangestellten in führender Position. Sie wird seit zwanzig Jahren zu Tode gestreichelt, in regulärer Manie des Besitzens.
„Diese kleine, klägliche Angst, die Ihr Liebe nennt", las der alterlose Gärtner in dem Gedicht von Wolf Wondratschek „schluss damit". Manchesmal war es notwendig, Eine dieser Frauen sich verlieben zu lassen in sich, damit sie den Weg aus ihrem Ehegefängnis schaffte. Welcome Mr. Chance.
I'm trying hard // too tired to fight // for you // I surrender
Der Synthesizer - Sound von Suicide hallte in der gefliesten Tropfsteinhöhle ihres Seins, Dampf beschlug den großen Spiegel des Bades, füllte ihr Herz mit der melancholischen Zuversicht der Melodie von Alan Vega und Martin Rev. es ist jetzt heiss, ich bin bereit. Da!
I surrender // my heart is in prison // i fall for you
Die Politik der Erotik. CHARLOTTE RISING.
Sie bügelte die Hemden eines Sparkassenangestellten in führender Position.
eFF yOU sEE kAY ! fuck ! - FUCK THE FUCKING FUCK !

Komm, grosser schwarzer Vogel.

Das heisse Wasser liess sie ihren Körper spüren, wieder, als ob er unbekannt verzogen gewesen wäre. Die zarten Hände, die sonst bügelten, Dinge erledigten, fanden den Weg zu ihren fordernden Körperöffnungen und ihren harten Warzen.

Sie hatte gut getan, Wildnis hinaus zu fahren, aus der Stadt des Fortschrittes, das Tier dort sich vermoosen zu lassen, oder gefressen von anderer Wildnis, wie es der Kreislauf der Natur vorgesehen hat. Würde.

Etwas bewegen, nicht tatenlos zusehen, verändert das ganze Leben, die übrigen Sklaven liegen ihr zu Füssen, seit sie es getan hat. Wenn nur diese Traurigkeit nicht wäre, die Betroffenheit über diese modernen Zeiten, dieses Gefängnis der Freiheit.

„My heart is in walls
The whole is a shithouse,
Come close to me“
Die Krähe mit den hellen Flecken am Brustkorb liess sich am Fenster nieder, welches die Dampfschwaden in die Nacht pustete.

my gang will get you !

Der Mond drängte sich am Nachbarhaus vorbei, leuchtete noch einmal grell vor dem Fenster auf, liess den schwarzen Vogel in vollstem Kontrast erscheinen.
Der Gärtner öffnete eine Flasche Rotwein. Er wusste, Sie würde kommen, irgendwann. Die Weiblichkeit, welche die Wildnis retten kann.
Die Zweifel sind fleissige Arbeiter. Sie sind in der Lage, innerhalb von Stunden eine massive Mauer zu erbauen. Den Gärtner würde sie gerne wiedersehen, aber sie wird so furchtbar müde und kraftlos.
Das Wasser färbte sich rot. Die letzten Bilder liessen Sie in nicht gekannter Erfüllung erbeben, der Mond schwamm schaukelnd in dem roten Wasser des Widerstands.

my gang will get you!

Kunst ist eine Rebellin – und Du weisst es !

Stephanie Nückel ist 1960 in Göttingen geboren. Sie geht 1984 nach Berlin, wo sie seit 2000 als freischaffende Künstlerin arbeitet und ihre verführerischen Frauenportraits kreiert.
Sie ist vom Rätsel des Weiblichen fasziniert, bricht in ihren Werken die gängigen Klischees und räumt mit typisch weiblichen Rollenerwartungen auf.
In ihrer Malerei zeigt sie befreite Frauen, die mit der Macht des weiblichen Seins spielen und den Betrachter mit ihren selbstbewussten Blicken und erotischen Posen irritieren.
www.artxs.de

inga wunderli

Obwohl es inzwischen so scheint, dass Feminismus in der breiten Gesellschaft angekommen ist und es fast schon zum guten Ton gehört, Feminist*in zu sein, sind wir noch weit von gelebter Gleichberechtigung der Geschlechter entfernt. Im Zentrum von Feminismus steht meiner Meinung nach nicht, dass das Patriarchat durch ein Matriarchat ersetzt werden soll, es geht vielmehr darum, Gleichberechtigung der Geschlechter in der Gesellschaft zu leben. Wir müssen uns von den bisher etablierten binären Geschlechterrollen verabschieden und beginnen, diese neu zu bewerten und zu denken. Doch schon alleine diese traditionellen Rollen in Frage zu stellen löst Angst aus. Fangen wir an jahrtausende alte Traditionen in Frage zu stellen, gibt es an irgendeinem Punkt nichts mehr, an dem wir uns festhalten können. Es scheint, als gäbe es keine vertrauten Familienbande mehr, von der man im Notfall aufgefangen werden könnte. Hat man das im Hinterkopf, fällt es vielleicht leichter, zu verstehen, warum unsere westliche Gesellschaft immer noch Probleme im Umgang mit den unterschiedlichen sozialen Geschlechteridentifikationen hat. Hier muss zum biologischen Geschlecht unterschieden werden, das durch das angeborene Geschlechtsorgan festgesetzt wird. Das soziale Geschlecht (gender) fasst Geschlechteraspekte zusammen, die ein Mensch in der Gesellschaft und Kultur an den Tag legt.

Da wir seit frühster Kindheit von Rollenbildern geprägt sind und uns diese ständig vorgelebt wurden, sind sie so fest in uns verankert. Die Gesellschaft ist davon durchzogen und geprägt, es gibt kaum Abweichungen von der klassischen „Frau-Mann-Beziehung“, die als Vorbild dienen könnten. Dies kann man in Filmen, Büchern, früheren Gesetzen, Kleidung, Spielzeug, der eigenen Familie und vielem mehr beobachten. Auch wegen dieser Omnipräsenz der heteronormativen Rollenbilder ist es so schwer für uns, sich dem zu entziehen und eigene Standpunkte zu unserer subjektiven geschlechterspezifischen Rolle zu etablieren. Sich also mit seinem sozialen Geschlecht auseinander zu setzen.

Entsprechend, wie uns Rollenbilder vorgelebt wurden, haben wir unser soziales Verhalten angepasst. Mädchen wird oft schon von klein auf gesagt, sie sollen sich hübsch machen, sich bescheiden und zurückhaltend verhalten.

Jungen hingegen wird oft vorgelebt, dass ein Junge oder Mann stark sein muss und es Schwäche signalisiert, wenn er Gefühle zeigt oder gar weint. Undenkbar!
Diese vorgeschriebenen Verhaltensweisen sind tief in uns verwurzelt. Ich ertappe mich manchmal dabei, wie ich mich genau diesen gesellschaftlich anerkannten Verhaltenswiesen unterordne und sie unkommentiert akzeptiere. Es ist sozusagen selbstverständlich, dass ich, als weibliche Kolleg*in, die Spülmaschine im Büro ausräume. Diese Verhaltensweisen, die bestimmt jede*r mit unzähligen Erfahrungen aus dem eigenen Leben belegen kann, sind so im gesellschaftlichen Leben verankert, dass sie wie unumstößlich wirken. Scheinbar gibt es keine Möglichkeit etwas an diesem Umstand zu ändern. Das muss aufhören. Natürlich ist das Bewusstsein für Ungerechtigkeiten, die aus solchen Rollenklischees entstehen, langsam gewachsen. Trotzdem sind wir zum jetzigen Zeitpunkt noch nicht weit genug gekommen den Menschen klar zu machen, dass es um Gleichberechtigung geht. Und zwar für Frau UND Mann. Es ist nötig, dass in der Gesellschaft das Weibliche einen größeren Raum bekommt. Für mehr Gleichgewicht.

Die unausgewogene Gleichberechtigung zwischen Männern und Frauen lässt sich in der Arbeitswelt sehr gut beobachten. Männer bekommen durchschnittlich ca. 20 Prozent mehr Lohn für die gleiche Arbeite wie Frauen. Das sog. Genderpaygap dokumentiert fehlende Chancengleichheit für Frauen. Genauso lässt sich diese Benachteiligung der Frauen an der Höhe der Rente ablesen, die sie bekommen. Frauen bekommen nur knapp 47 Prozent der Rente, die Männer bekommen .
Wie kommt dieser Unterschied zustande? Frauen können, bis vielleicht auf ein paar körperliche Tätigkeiten, alles genauso gut wie Männer. Oder Männer alles genauso gut wie Frauen. Wie kann man denn ernsthaft behaupten, ein Mann kann nicht genau so empathisch oder tröstend sein wie eine Frau, oder dass eine Frau schlechter rechnen kann als ein Mann. Solche Meinungen und Gedanken sind Vorurteile und nichts anderes. Trotzdem behaupte ich, dass diese Unterscheide und Scheren in der Gleichberechtigung darauf zurückzuführen sind, dass uns eben diese Rollenbilder vorgelebt wurden und keine kritische Auseinandersetzung mit ihnen vorgenommen wurde. Sie werden immer noch als naturgegeben hingenommen. Das ist meiner Meinung nach genau der Knackpunkt. Hier muss angesetzt

werden. Es ist essenziell, dass diese Ungleichgewichtung und systematische Benachteiligung aufgedeckt und sichtbar gemacht wird. Zudem wäre es von Bedeutung Mädchen, Jungen und alle anderen Geschlechtsidentifikationen geschlechtsneutral zu erziehen, oder einfach selbstverständlich alle Kinder ins Kochen, Handarbeiten, Lesen oder Baumhausbauen einbeziehen. Gleichzeitig kann durch Aufklärung mehr Sensibilität in der Gesellschaft geschaffen werden, um überhaupt auf die Folgen der klassischen Rollenbilder für die Gesellschaft aufzuzeigen.

DER ARCHITEKT DENKT DIE HAUSFRAU LENKT.

Inzwischen gibt es unzählige Untersuchungen und Studien darüber, dass Frauen immer noch den Großteil der Pflegearbeit, (also Kochen, Waschen, Putzen, Kinderbetreuung) in der Familie übernehmen und dafür keinen Lohn erhalten. Eine funktionierende Familie muss genug sein. Diese Mehrarbeit empfinde ich als Ungerechtigkeit. Gleichzeitig habe ich größte Freude daran dem neugeborenen Säugling meiner Freunde Socken zu stricken, damit es warme Füße behält. Mir bereitet es genauso ein gutes Gefühl, mir wichtige Menschen zu bekochen, sie also in der Befriedigung eines Grundbedürfnisses zu unterstützen. Man kann das auch als einfaches Zeichen der Nächstenliebe sehen. Wenn ich die freie Wahl habe, bekleide ich diese Rolle der kümmernden Frau gerne. Ich habe nur ein Problem damit, wenn sie von mir erwartet wird, nur weil ich eine Frau bin.

ieso ist es selbstverständlich, dass diese Arbeit wie elbstverständlich von den Frauen alleine oder in eterobeziehungen zu tragen ist? Eine Ausnahme ist da sicherlich ie Elternschaft in einer Homobeziehung. Hier ist es nötig, dass an Absprachen trifft und gemeinsam entscheidet, wer welche ufgabe übernimmt. Sich so die Aufgaben in einer Beziehung ufzuteilen scheint mir doch sehr sinnvoll und vor allem erspart s Streitpotential. Am besten wäre es doch, wenn genau so eine lare Aufgabenverteilung auch in Heterobeziehungen gelebt würde. llein diese kleine Veränderung im Umgang mit heteronormativen aarbeziehungen könnte so einen großen Einfluss darauf haben, dass ommende Generationen von Kindern eine gleichberechtigte nteraktion zwischen Menschen vorgelebt bekommen.

uf der einen Seite sind Frauen oft eine wichtige Stütze in einer amilie und repräsentieren dabei das Häusliche, sich Kümmern und flegen, ja nahezu die komplette Selbstaufgabe. Gleichzeitig hat ie Gesellschaft auch einen akzeptierten hypersexualisierten, bjektifizierenden Blick auf Frauen und ihre Körper. Frauen werden afür verehrt, dass sie neues Leben auf die Erde bringen können, leichzeitig gilt es als Tabu, darüber zu sprechen, wie das Kind ntstanden ist. Heute ist es immer noch nicht normal, wenn einen rau genauso sexuell aktiv ist, wie ein Mann. Gleichzeitig werden rauen und ihre Körper ständig dafür genutzt, Dinge zu verkaufen. efühlt von fast jeder Werbetafel lächelt eine leicht bekleidete ame herunter und preist das nächste glückbringende Produkt an. n leicht bekleidete junge Herren hingegen erinnere ich mich elten. Wenn überhaupt an irgendwelche Fußballer, das würde ingegen eher unter die Kategorie Heldenverehrung fallen. Diese berproportional häufige Abbildung von weiblichen Körpern zu arketingzwecken grenzt für mich an Machtmissbrauch. Sitzen dort berall nur Männer, die die ganze Zeit Lust haben, sich fast ackte junge Frauen anzuschauen? Man könnte doch meinen, dass es rgendwann langweilig wird. Aber wenn ich unsere Umwelt betrachte, auert es noch eine ganze Weile bis man sich daran satt gesehen at. Durch die Häufigkeit solcher Abbildungen hinterfragen wir gar icht mehr unseren Blick auf Frauen. Die Ausbeutung und bjektifizierung wird vielmehr gesellschaftlich akzeptiert. ich wundert das heutzutage noch immer an den Tag gelegte erhalten mancher Männer. Sie haben das Selbstverständnis, dass es n Ordnung wäre, dass sie einer Frau ihr sexuelles Verlangen ufzwängen.

Ein Kleid ist ein Kleidungsstück, keine Aufforderung.

IT'S A DRESS, NOT A YES

Ich möchte nicht verallgemeinern, es gibt bestimmt auch Frauen, die sexuell motivierte Verbrechen begehen, jedoch kann man guten Gewissens behaupten, dass Männer einen höheren Anteil der verurteilten Sexualstraftäter*innen ausmachen. Nun stellt sich mir die Frage, wieso Männer der Meinung sind, es sei in Ordnung, eine Frau zur eigenen Bedürfnisbefriedigung zu missbrauchen oder sie misogyn zu behandeln. Meiner Meinung nach wird hier ein weit verbreitetes und lange etabliertes Machtungleichgewicht zwischen Frauen und Männern sichtbar.

Natürlich sind nicht alle Männer frauenverachtend und respektlos. Viele haben verstanden, dass es an der Zeit ist, etablierte Denkmuster zu unterbrechen und neu zu sortieren. Auch Männer werden durch die in der Gesellschaft vorherrschenden Rollenbilder benachteiligt. Obwohl es in Deutschland inzwischen die Möglichkeit gibt, die Elternzeit zwischen beiden Elternteilen aufzuteilen, ist es auffällig, dass es immer noch viel mehr Frauen sind, die von dieser Möglichkeit Gebrauch machen. Faktisch gelten gleiche Voraussetzungen, trotzdem kommt es mir immer noch so vor, dass auch Männer mit den Erwartungen, die die Gesellschaft an sie stellt, überfordert sind und sich diesen nicht beugen möchten. Es ist leider noch nicht selbstverständlich, dass Männer sich die Freiheit nehmen, sich für eine Weile aus dem Beruf auszuklinken und den Fokus auf die Kindererziehung und die damit verbundene Pflegearbeit zu legen. Um hierbei nachhaltige Veränderungen herbeizuführen, müssen sich Männer unbedingt am Diskurs über Gleichberechtigung beteiligen.

Vergleichen wir den Stand der Geschlechtergleichberechtigung mit dem vor 100 Jahren sind wir natürlich ein gutes Stück voran gekommen. Trotzdem wissen wir aus eigener Erfahrung, dass von Gleichberechtigung auf Augenhöhe nicht die Rede sein kann. Deshalb ist es die Pflicht von Jeder und Jedem, auf Ungerechtigkeiten aufmerksam zu machen und unser traditionelles Rollensystem in Frage zu stellen!

Oder hast du Angst?

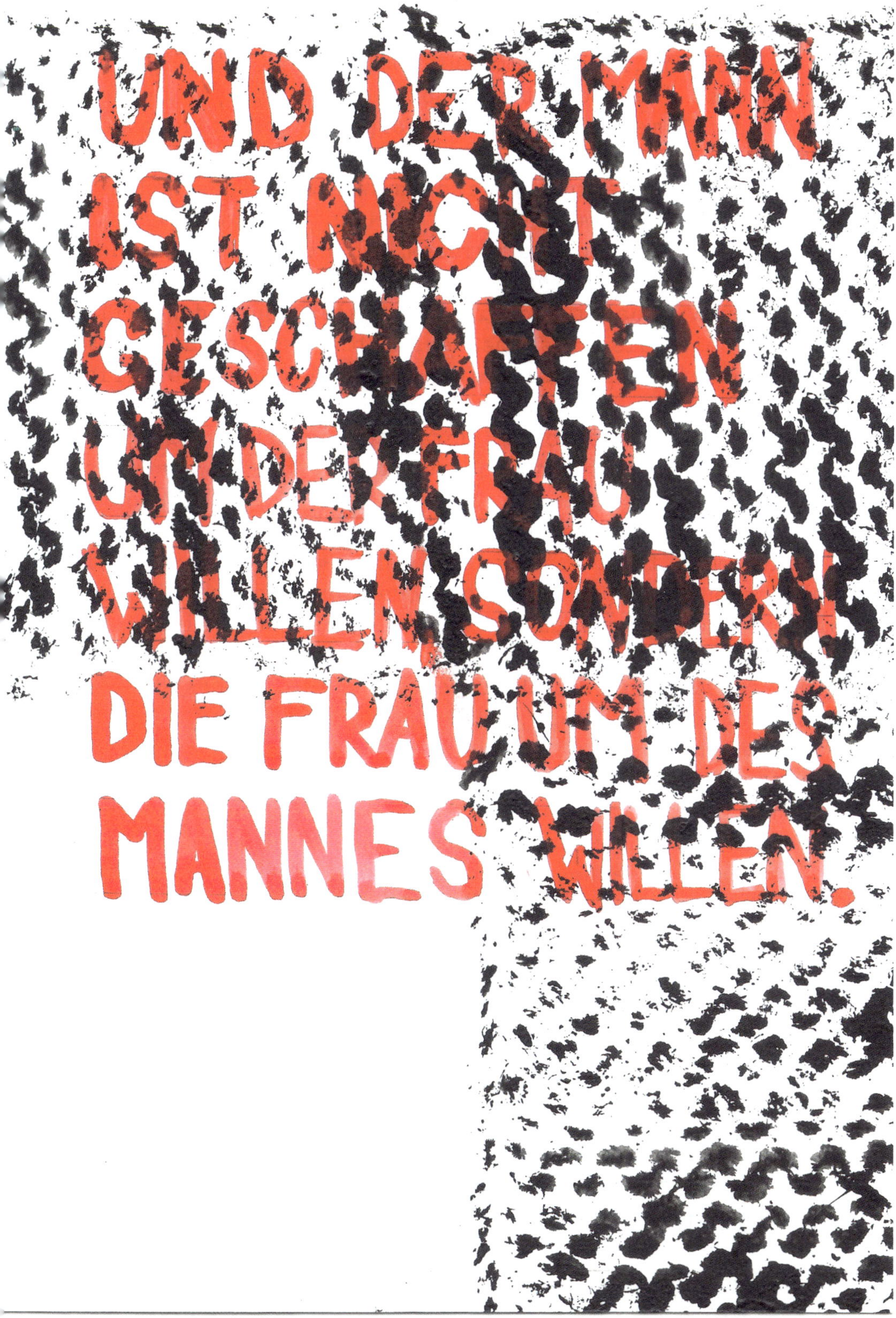
UND DER MANN
IST NICHT
GESCHAFFEN
UM DER FRAU
WILLEN, SONDERN
DIE FRAU UM DES
MANNES WILLEN.

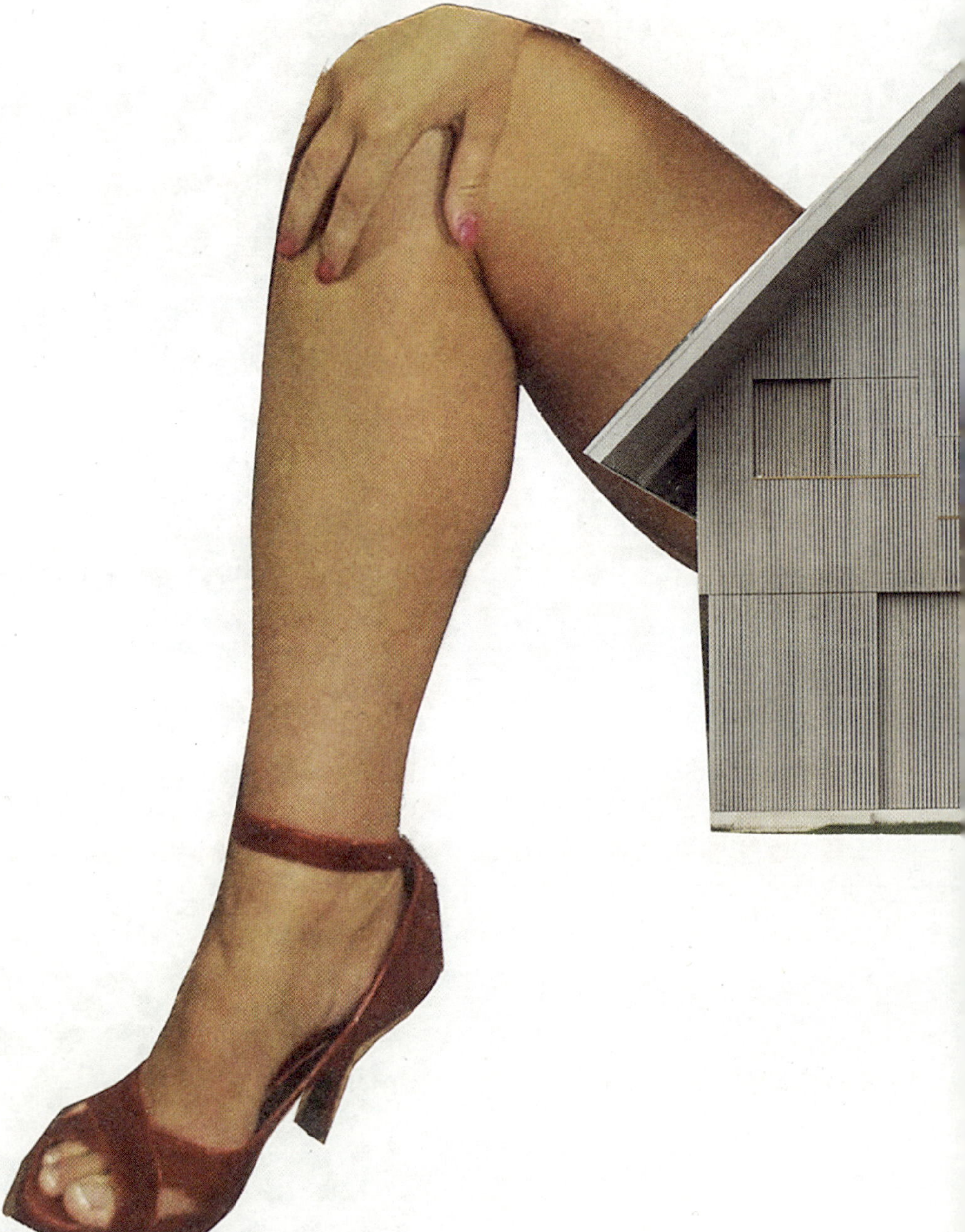

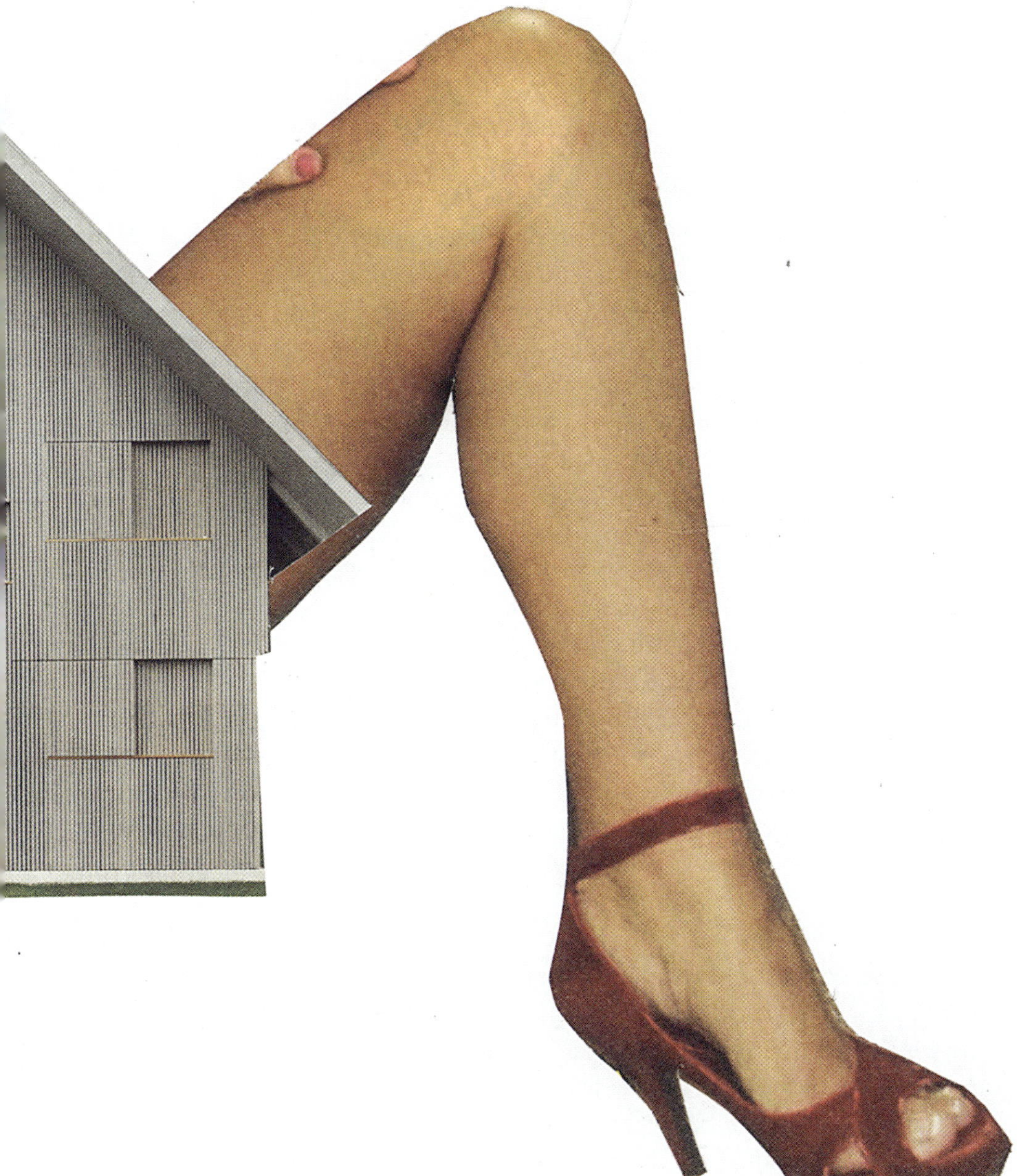

Hausgeburt

Exit G.V.K. - Donauturm

Scumrock , G.V.K., Gottes vergessene Kinder, Günzburg, Ulm, 35 km, Donauturm Ulm.
Es gab keinen Lockdown, WhatsApp war noch nicht geboren, es gab gab keine Aussagen wie „Klasse, dieses Jahr haben wir einen Wanderurlaub gemacht," es gab kein Klimaproblem, das Waldsterben war verboten, doch gab es ein Zuhause?

Paule fahr los: Ich atme und steig dann doch lieber mal in den Wagen ein. Den Begriff Scumrock haben wir in einem Fanzine gefunden, es ging darum eine Band zu gründen , auch ohne die Vorraussetzung ein Instrument zu beherrschen. Das klang verlockend, die Eintrittstür dafür auch ohne Attitüde im Backstagebereich zu sein. Dafür gab es einen Begriff „The Liggers oder wie kommt man sonst umsonst in den Backstageraum mit all den Freigetränken? Funktioniert hat dies doch einige Male reibungslos, indem man sich einfach als eine Band ausgab , die auf dem Konzert spielt. Selbst bei einem Lemonheads Konzert im JZ Backnang ,wird man an der Kasse nicht misstrauisch als die drei Reisenden aus Günzburg in allseits brillantem Schulenglisch als Lemonheads die Location betreten .
O.K. War das eine Botschaft? Zumindest ein Signal , es war um uns geschehen: Gottes vergessene Kinder betreten die Bühnen dieser Welt. Auch wenn es dabei gelegentlich beim Betreten zu Komplikationen kam. Welches Potpourri an Stimulanzien dazu geführt hat, dass unser Gitarrist Slime beim Schmuddelrockfestival felsenfest behauptete , die Treppe zur Bühne wäre eine Rolltreppe und zu warten bis sie fährt, bleibt bis heute ungeklärt.Jill wußte was zu tun war und Ulm was calling, der Donauturm fällt, die Presse war dabei :

Hundsmiserabel ist stark untertrieben, will man den Auftritt von vier Günzburger Musikern am 20.Mai im Donauturm prägnant beschreiben. In einer gottverlassenen Stunde hat man „Gottes vergessenen Kindern (G.V.K.) fatalerweise die Erlaubnis gegeben, ihr musikalisches Nichtkönnen als opener eines langen Abends präsentieren zu dürfen. Ein stockbesoffener Sänger, der mehr lag als stand, lallte so originelle Songtitel wie „Bohnen in den Ohren" oder „Schneck im Haus, komm heraus", die meist nur aus einer Strophe bestanden. Bei der nächsten Gelegenheit sollte man sich im Donauturm vielleicht doch vorher darüber informieren, welchen Ohrenschmalz man seinem Publikum zumuten möchte. Wesentlich koordinierter klangen dagegen „Trink Zehn“ aus München. Leider kamen die fünf Jungens mit ihrem Deutsch-Punk beim Publikum viel schlechter, als die dilettantischen Kleinkinder an und verliessen daher sichtlich frustriert nach einer knappen Stunde die Bühne.

Jill vermittelte sogar ein Engagement mit dem Sänger der Band Die Kassierer (damals schon Hausband des Beteigeuzes), der für eine kulturelle Veranstaltung in Bochum namens Kalleshow, die um 24.00 Uhr begann, einen Wachmacher fürs ermüdete Publikum suchte. Nichts einfacher als das. Selbst die schriftlich verbriefte Warnung unsererseits, unser Können oder die Mission auf die Kulturlandschaft in Wattenscheid wirken oder nicht Halt machen zu lassen, schreckte nicht ab. Wir wurden engagiert und es funktionierte. Das Publikum war hellwach. Ein undefinierbarer Mix aus Staubsaugergeräuschklängen und Schwedenpop fegte mit dem Opener „Ein bisschen Frieden“ über das Publikum hinweg. Eine Herausforderung für das kulturverliebte Publikum, darüber nachzudenken: Ist das noch Kunst? Wer nun mit wem den Frieden gemacht hat kann ich nicht mehr beantworten, selbstverliebt und begeistert desorientiert surften wir durch den Abend.

Das Betreten der politischen Bühne war ein würdiger Abschluss, die Bühne wieder zu verlassen. Nachdem wir den Wahlkampfauftritt des tapferen OB Kanidaten Paul Nägele im Kornhaus mit einem musikalischen Tsunami begleiteten, mussten wir uns heute leider eingestehen, dass wir mit einem musikalischen Soundtrack zum Klimawandel wohl die besseren Karten hätten. Hallo ihr Querdenker und Verschwörungstheoretiker die unsere Botschaft nicht verstanden haben: Schämt euch! Nur unser Kampf geht weiter. Das Hinterland bleibt bestehen. Die Bühne wird verlagert, der Wagen bereist noch andere Galaxien.

selbstportrait

beginnen möchte ich mit einer anekdote
meine mutter hatte nach dem krieg einen traum. sie träumte, sie würde eine reise machen. sie hat ganz konkret Abfahrt- und Ankunftszeiten von zügen geträumt. sie ist dann aufgewacht und hat alles aufgeschrieben. sie hat dann die reise, die sie geträumt hat, gemacht. alle abfahrt-und ankunftszeiten haben gestimmt.
an dem ort, an dem sie angekommen ist, war ein lazarett und dort hat sie einen bruder von sich gefunden.
wenn ich eines tages sterbe, möchte ich da hin, woher der traum meiner mutter kam.
christ bin ich aber nicht.
mir ist die religion zu brutal.
ein gottvater will von seinem sohn, dass er sich zu tode foltern lässt.
es ist nicht notwendig und es war nie notwendig, dass jemand zu Tode gefoltert wird und die kommunion ist nichts anderes als symbolischer kapitalismus.
antichrist bin ich aber nicht.
ich bin definitiv pro weihnachten und anti karfreitag.
    ich möchte die Einstürzenden Neubauten zitieren:
„sehnsucht kommt aus dem chaos und ist die einzige energie.
das umschreibt meine religion am besten.
ich bin ein schwarzer punk !
ich bin natürlich nicht ein punk wie _____ oder ____
fühle mich aber trotzdem zugehörig.
das wichtigste am punk ist für mich die akzeptanz von dilettanten als gleichwertig.
teilweise bin ich ein profischwein.
teilweise bin ich noch dilettant.
schwarz geworden, bin ich, nachdem mich die liebe meines lebens verlassen hat.
eine bekannte von mir ist schwarz geworden, nachdem ihre oma gestorben ist.
ihre trauer war das härteste, was ich jemals auf einer tanzfläche gesehen habe.

das leben ist bunt.
und Schwarze gehören auch dazu !
wichtig ist es, frei und kreativ zu arbeiten.

jorg rabus

musik ist kunst
musik ist unterhaltung
musik ist statement

www.jorg-rabus.de

Ein Spaziergang der Zweisamkeit
Ich frage mich nicht, wer der zweite ist.
Im Endeffekt bin es ja nur ich.
Doch wenn ich lausche, schaue und rieche
Weiß ich da ist noch wer.
Der Wald vor mir.
Ich plötzlich nicht mehr leer.
Denn er füllt mich , nährt mich , beschenkt mich
ohne etwas zu erwarten.
Wissend, er wird niemals auf mich warten.
Mit zügigem Schritte gehe ich voran.
Nicht um jenem schnell zu entfliehen.
Er treibt mich an.
Zieht mich an.
Fleht mich an.
Sei nicht so verbissen
Nicht so zerrissen.
Sei hier, jetzt, mit mir.
Höre hin , ich bringe dir den Wind.
Eine Brise
Weht hinfort meine Krise.
Eine Brise
Weht hinfort meine fiese , mich einengende Krise.
Mit zügigem Schritte gehe ich voran.
Nicht um jenem schnell zu entfliehen.
Ich möchte wissen wohin es mich zieht,
Wissend wer auch immer mich sieht
Kann nicht erahnen was gerade geschieht.
Die Brise geht in ihrem Volumen auf,
Zeigt sich in ihrer Stärke.
Der Wind steht vor mir,
Zeigt auf mich.
Vorher ein Flüstern,
Nun ganz laut.
„Dort musst du hin"
Seinen Finger auf mein Herz gerichtet.
Zu dir selber führt dein Weg
der einzige Weg.
Mit zügigem Schritte gehe ich voran.
Nicht um jenem schnell zu entfliehen.
Sondern um meine Erkenntnis,
Zu meinem streben erklingen zu lassen.
Um mich selber,
meiner selbst Willen,
zu mir zu führen.

Ein Tag im Wald

Verschleierte Vorgänge
Im Unterholz
Friedliches Beieinander

Graben
Nageln
Bäume tragen
Diskutieren

Wieder
Hoffnung

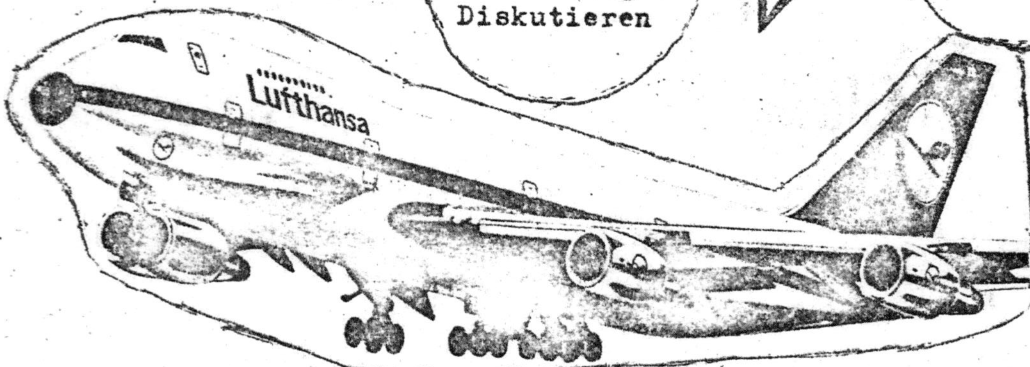

"Bald ist es soweit! Die kommen jetzt!"

Sie kommen von hinten

Die Friedlichen erwischts
Nicht die Militanten

Überall Staat wo man hinschaut !
Sie kommen von allen Seiten

Warum weiß niemand
Alles wäre zu schön gewesen
Überall plötzlich

Helme

Schilder

getrieben
Wer zurückbleibt, wird erschlagen

Jetzt nur nicht fallen
Jetzt nur nicht aufhören zu laufen

Geschafft
In Sicherheit

Überall Stille
Worte sind überflüssig
Unsereins büßt für die Trägheit
der Anderen
Sehr stille Heimfahrt
Vielleicht würde Weinen helfen

DANN NACHRICHTEN

"Schwere Zusammenstöße zwischen Polizei und militanten Startbahngegnern. Ein Polizist geht von einem Geschoß getroffen zu Boden."

VERKEHRTE WELT.............

"Todesangst erzieht nicht zu staatsbürgerlichem Verhalten!

Jetzt gibst du nicht mehr auf !"

Was hat die Jagdleidenschaft von Kaiser Franz Josef,
mit Peter Paul Rubens und den Bildern von Christiane Wehner-S. zu tun?

Ganz viel?
Ja, irgendwie schon.
Ich blicke momentan zurück auf eine wilde Mixtur von Eindrücken, die mich zur Auseinandersetzung mit dem Thema „Jagd“ und zu meinen gemalten Antworten darauf geführt hat. Bisher hatte mich dieses Thema nicht besonders interessiert, allenfalls unangenehm berührt.

Den Anfang dieser Eindrücke machte ein Kunstwerk,
mitten im Wald bei Bad Ischl/Oberösterreich tauchte im Vorbeifahren plötzlich ein täuschend echt wirkender lebensgroßer toter Hirsch auf und über ihm auf einem Felsen ein harmlos dreinschauender älterer Spaziergänger mit Stock.

Das Schild am Wegrand klärte auf: „1913 gewidmet dem obersten Jagdherrn Kaiser Franz Joseph“.

Aha, der Kaiser inkognito auf der Jagd.

Im Internet war dann zu lesen, dass der schöne Hirsch eigens erschossen worden war, um zunächst einen Gipsabdruck und dann eine Bronze von ihm anzufertigen. Für mich erschreckend zu sehen, wie harmlos das Töten in Gestalt dieses kriegerischen Alten daherkommt, der zeitlebens neben seinen vielen Kriegen zu seinem Vergnügen 55 000 Stück Wild erlegt haben soll.

Mein Interesse an dem Thema Jagd wurde durch ein Gefühl von Abscheu geweckt.

P. P. Rubens (1577–1640) Auftragswerke fielen mir bei der Recherche zum Thema Jagd besonders auf und ich bin eingetaucht in seine Bildwelt, die aus heutiger Sicht hemmungslos brutal erscheint.
Der Mischung aus barocker Sinnlichkeit und Gewalt konnte ich mich nicht entziehen, weil für mich dadurch die Schrecknisse der Welt und deren Schönheit zum Ausdruck kommen. Ein gewaltiger Kontrast.
„Die Krönung der Diana“ von Rubens machte ich zu meiner „Diana der Schnellstrasse“
Mein Bild vom Kaiser steht noch aus. Ich weiß aber schon, wie ich es malen werde. Mit viel Blut natürlich, wie es einem Herrscher gebührt!

wehner-s.blogspot

Exit Sonne in Rettenbach,

Günzburg, Rettenbach, 5 km, ein Dorf, ein Gasthaus, ein Festsaal, eine Bühne, im Nebenraum die Dorfbar, im Hinterhof der Kuhstall. Mehr braucht es nicht für Bier und Weltruhm. Für Schnaps und Neonlicht, für Tanz und Lebenskraft, für Hinterhof und Dauergast. Für Zigaretten und Thekenlicht . Für Euphorie und Liebesmüh, für Underground und MarschallBoxen, für die Seele und die Maniacs. Notze und Jürgen sind zu allem bereit, im Dachboden entsteht ein unbegrenztes Arsenal der unbegrenzten Backstagezeit. Das war unser Haus und bis auf ein paar sich verfahrende Reichsidioten flog hier keiner so schnell raus. Selber schuld, wenn man auch gar keinen Spaß haben darf. Anspieltip : Karl Knapp Trio : Skinheads.
Wie kann man da nicht durchdrehen. Das Festival „Ein Dorf dreht durch“ und wir sind alle dabei.
Und der Saal, er platzte aus allen Nähten. Die Verbrüderung, diesem Mief der Kleinstadt für einen Moment zu entfliehen, Nein, falsch gedacht. Es war eher das Gefühl Hey, wir nehmen uns jetzt unseren Platz. Und da waren sich einige Bands dann anfangs doch nicht so sicher. Als die renommierte Aachener Neo- Swing Band Pyrromanix nach einer grandiosen Show auf der PopKommesse in Köln als Objekt auserkoren war und sich breitschlagen ließ (mit Unterstützung von Öli von Cave 4) nach ihrer Tour mit Auftritten in Paris und London in Rettenbach zu spielen, war bei der 7 köpfigen Crew doch eine leichte Blümeranz bei der Ankunft zur Örtlichkeit zu spüren. Wo sind wir hier bloß gelandet? Der erste Takt auf der Bühne und über 300 Maniacs tanzten durch. Was für eine Explosion, was für eine Sprengkraft, alles ist machbar, die Sonne in Rettenbach , es war das Hinterland und die Bühne wurde zur Bastion/ Passion. Und die Ortsdurchfahrt wurde zur Fernstraße, das Publikum wußte schnell und auch von weit her, wohin der Hase jetzt läuft.
Großartige Bands tauchten auf, Freundschaften wurden geknüpft. Und dies war erst der Anfang. Die logische Folge dieses Lebensgefühls war, die Geburtsstunde des Labels swindlebra records und das leidenschaftliche Verlassen gesellschaftskonformer Pfade. (Anspieltip: I Walk with a Zombie von Roky Erickson) Rock'n'Roll is more than music. Auch wenn manche Pfade kurzfristig vernebelt waren.
Was mich dazu getrieben hat, nach einem swindlebra Festival in Stuttgart im Club zwölfzehn nach einer allerdings kurzen oder durchgemachten Nacht an

der Tankstelle am ausgeliehenen Wohnmobile den Wassertank mit dem Bezintank zu verwechseln ist nicht mehr konstruierbar.
Der tapfere Busbesitzer Kurti musste wohl seine Tour nach Indien über die Seidenstraße bis auf weiteres verschieben. Zumindest klappte die Reinigung des Tanks mit bio zertifizierten Aromaölen der Sorte Lemongras oder Bergamotte nicht.

Großstadtlichter, Hängegesichter
Verpasste Hoffnung, der, der unten lebt,
Und der, der nichts weiß,
Gleichgeschaltet und aufgegeben,
Erstickt in aufgedunsenen Räumen
Verbaut sind nicht nur die Straßen,
Die Würfel will keiner mehr fragen
Die Busse die fahren, egal welche Richtung
Und wen interessiert das schon?
Der Tag, die Nacht, die Lichter sind gleich
Gefangene hinter Gittern
Schlagt die Gitter zu Brei

steckbriefe

Angefangen hat das schon sehr früh, aber das kann man ja nachlesen: Kaufleute waren in Ulm immer beliebt.
Auch Künstler, besonders wenn sie bereits tot waren.
Kultur bedeutet in Ulm so etwas wie chinesisch essen.
Die Geschichte zeigt uns, dass man zwar von Spatzen lernen kann, sich aber hüten soll, ihnen im Fliegen nachzueifern.
In Ulm ist der Begriff Bürger noch ein wirklicher Begriff !
Revolutionen finden meist im Familienkreis statt.

Der Humor ist den Ulmern von der Dresdner Bank und von der rauhen Alb zugeweht.
Der erstere ist ein verhaltener, seriöser, pikant angehauchter, der zweite findet meist unter der Gürtellinie statt.
Auf dem Cityfest trifft sich alljährlich die gesamte Ulmer Geselligkeit.
Was dem Hamburger sein Matrose ist, sei dem Ulmer sein guter, gewissenhafter Kaufmann.
Obwohl Ulmer Geld allenfalls in Museen noch eine gewisse Kaufkraft besitzt.

ulmer lebenslauf

linie 1 --- söflingen
linie 2 --- eselsberg
linie 4 --- kuhberg
linie 7 --- friedhof

Manfred Eichhorn aus ˣUlmanachˣ 1974

BUSINESS SUPERSTAR
11/GOSMO

I

28.5.20
Hanna ruft mich an, nimmt mich lieb und freundlich in die Pflicht. Ich darf, kann, soll etwas über meinen Freund Christoph sagen oder schreiben. Christoph hat mich fasziniert als Künstler und als schlauer Typ, als Ekel, als Hintergrundwissender, als Flüchtling, als total zerrissener Mensch, als Vater, als Opa. Der immer gedanklich bei seinen Lieben war, aber das, glaube ich – auch zu sehr für sich. Als jemand, der seine Gefühle nicht einfach nach draussen, respektive zu seinen Lieben, weitergeben konnte. Ich glaube auch, der er damit gehadert hat und auch deshalb der Künstler war, der er war.
Da hat er einen anderen Ausstoss gesucht und gefunden. Eine andere Ebene, wo er sich ausdrücken konnte. Immer auf der Such nach etwas Neuem, sei es im Ausdruck oder in der Art oder im Material. Es war immer wieder erstaunlich, wie er mit Materialien experimentiert hat und Neues hervorkam, was immer in langen, gedanklichen Prozessen entstanden ist. Wir sprachen oft über seine Ideen, welche nur im Kopf waren, oft über sehr lange Zeiträume, Monate, gar ein Jahr.
Die Sache war dann aber so ausgereift, dass es dann nur einen kurzen Ausstoss und aktiven Prozess benötigte, und alles war da.
Ich habe Christoph erst vor zwanzig Jahren kennengelernt, natürlich in einer Bar.Wir haben uns dann immer wieder getroffen und angefreundet. Ich habe oft erlebt, wie er andere demontierte. Da liess er sich nicht von abbringen. Es gab Punkte, da hat es bei ihm „klick“gemacht, dann konnte er nicht anders. So war er. Damit hat er sich auch einige Sympathien verspielt. Aber, so war er, auf gar keinen Fall gefällig, sondern immer extrem, eigen in Geist und Tun.
Wir waren Freunde geworden und konnten auch stundenlang bei Wasser und Gemüse zusammen sitzen und philosophieren. Er hat mir viel über seine Vergangenheit erzählt. Und er hat mir viel über seine Töchter erzählt, auf die er masslos storlz war und die er sehr liebte. Auch über die Situation mit der Übersiedlung, oder Flucht, von Polen nach Deutschland, was er und seine Frau damit ihrer Familie zugemutet hatten. Gerne wollte er ja nicht darüber reden, aber das war doch sehr spannend für mich, ihn hat das auch immer wieder stark beschäftigt, glaube ich. Ich habe ihm so gerne zugehört und er hat mir zugehört und wir haben gegenseitige Meinungen eingeholt.

Ich glaube, Christoph konnte sich zeitlebens gegenüber den meisten Menschen nicht ausdrücken,
wie das wohl erwartet wird. Frau - so, Kinder - so, Freude - so, Kunden - so ! .. usw.
Und er wurde deshalb auch oft verkannt. Sein Auspuff war da die Kunst und sein kreatives Schaffen. Mit allem, worüber ich mit ihm gesprochen hatte, spürte ich, dass er ein extrem empathischer Mensch ist. Das hat er wenig gezeigt und das haben dadurch auch Wenige gesehen.
Wenn man zu den Glücklichen gehörte, denen er das gezeigt hatte, oder die es spürten, dann war ein richtig guter Mensch, ein Freund gefunden, der einem etwas raten, aber auch abraten konnte, der zugehört hat, der sich etwas gemerkt hat, der nachfragte, der gestochert hat, der einen schimpfen konnte, der Zeit fand für einen, wenn es sein musste, der einem half und der das - zu Recht - auch einforderte.
Auf jeden Fall habe ich einen ganz besonderen Menschen kennenlernen dürfen, durch ihn auch Andere, die jetzt in meinem Leben sind.
Wenn wir uns länger nicht gesehen hatten, oder in verschiedenen Städten waren, kam irgendwann immer eine kurze SMS : „Krabbelst Du noch?“ Da wusste ich, ah ja, da ist er. Das war klasse.

Lieber Christoph,
Du warst ein väterlicher Freund für mich, es war ein Level, aber Du hattest die Lebenserfahrung. Ich vermisse Dich, Deinen Humor, Dein Wissen, Deine Liebe.
So bist Du Teil von meinem Leben geworden und nie vergessen, auch nicht von meinen Kindern.

Das Paar ging zu einem Geburtshelfer, der auch Beratungsgespräche für Schwangerschaftsabbrüche anbot. Sie waren verzweifelt, unschlüssig und unglaublich traurig über die Überlegung an sich.
Es sei nicht der richtige Zeitpunkt für ein Kind.
Mit deutlichem Akzent erklärte der grossgewachsene, charismatische Mann:

„Bevor ich nach Deutschland kam, habe ich in einem rumänischen Kinderlazarett gearbeitet. Wann, glauben Sie, ist der richtige Zeitpunkt für ein Kind in Deutschland?“

„Ein Kind ist eine ungeahnte Erfüllung“

Eines Tages wonte eine schöne brinsessin in einem schönem schlos
ihre mutter war königin und ihr Vater war könig
die brinsesin ging zum ersten mal fort in den walt
dah wonten Wölfe
sie wahren geferlich
sie sa die Wölfe und sucht sich ein unterschlupf
und lernte da Jemand kennen
er ferstekte sich auch for den Wölfen
es war ein Junge und der Junge his Jakob und die brinsessin his Matilda.
und Jakob kante einen geheimen weg zum schlos und der Junge durfte für imer im schlos wohnen bleiben
so ging die geschichte aus.

------->

MOUIRA MEJANI

AUS PAPPE

Das Piepsen der Alarmuhren, die den Angestellten Bescheid gaben, dass die Pommes fertig oder zumindest fertig genug sind, erfüllte den ganzen Raum. Es war, gemeinsam mit anderen häßlichen Geräuschen und dem Fettgeruch, das auffälligste Merkmal dieses Burger Kings an der A8. Hier hatte ich mich niedergelassen, um Abend zu Essen, teils aus einem abartigen, fast perversen Verlangen, das mich alle Jubeljahre überfällt, teils aus Mangel an Alternativen. Ein bisschen erbärmlich war es schon. Ich hatte auch ein schlechtes Gewissen, wie es sich gehörte. Aber egal. Es sollte sicher nicht das letzte Mal sein, dass ich mit meinem Gewissen in Konflikt kam. Bestimmt hatte die Zukunft für mich Situationen in petto, die es eher Wert waren sich zu schämen. Ich hockte also da, aß, trank und schaute ein bisschen in die Runde. Der übliche Mix aus Müttern, Handelsreisenden und Fußballfans war hier zu Gange. Alle vom Seelenstrom der Autobahn an diesen triefenden Futternapf gespült, um dem Hungertod im PKW zu entgehen. Irgendwie mochte ich es hier. Ich hatte immer schon eine Schwäche für Autobahnraststätten und Flughäfen. Das ganze Kommen und Gehen an diesen Orten, an denen keiner wirklich sein und niemand länger bleiben wollte als nötig. Gleichzeitig waren dort Sammelstellen für tausende Geschichten, die zwar niemand erzählte, die aber auf jeden Fall als blinde Passagiere mit dabei waren und sich manchmal eben doch bemerkbar machten. Ich selbst war da ja überhaupt keine Ausnahme. Von außen betrachtet saß ich unscheinbar auf meinem Platz. Doch mit dabei waren alle Geister der Vergangenheit, alle Ängste, Nöte, Freunde und Feinde an die ich dachte oder die zumindest gelegentlich aus den Untiefen meines Bewusstseins an die Oberfläche gespült wurden. Im Geplapper der anderen Leute, an ihren Essgeräuschen und dem nervösen Getippe und Gewische auf ihren Handys konnte ich das Gleiche erkennen. Keiner war einfach nur hier. Alle kamen von irgendwo und wollten nach irgendwo anders, verließen irgendwen und gingen zu irgendeinem anderen. Alle hinterließen dabei Spuren, ob sie es wollten oder nicht. Egal wo wir sind, es ist schon von Anfang an klar: wir sind dort nicht für immer, ob nun im Fast Food Restaurant oder in der frisch bezogenen Eigentumswohnung. Nichts ist für die Ewigkeit. Eines Tages ist alles was du siehst Müll. Jeder den du kennst ist tot. Die, die nach uns kommen räumen den Dreck weg. Der Recyclingkreis des Lebens.

So etwas dachte ich also, während ich auf meinem Essen herumkaute. Und dann dachte ich, meinen Augen nicht trauen zu können, als ich genau einen Augenblick später jemanden erkannte, den ich zwar selbst noch nie gesehen hatte, von dem ich aber genau wusste wer es war. Es war der Tod. Er saß nur zwei Tische weiter. Scheinbar war ich der einzige im ganzen Laden, dem das aufgefallen war. Plötzlich machte ich mir Sorgen. Ganz sicher war ich nur aus dem einfachen Grund in der Lage den Tod zu sehen, weil er wegen mir beziehungsweise für mich hier war. Er würde sein sogenanntes „Menü" beenden, aufstehen, zu mir rüber kommen und mir mit einem Hieb seiner Sense den Kopf von den Schultern abtrennen um mich in die ewigen Jagdgründe zu schicken. Die offizielle Version wäre dann Herzinfarkt oder Schlaganfall. Mir fiel aber auch wieder ein, was mir einmal eine Freundin gesagt hatte, die mir Tarotkarten legen wollte. Zum eigentlichen Kartenlegen kam es nicht, weil wir vorher unterbrochen wurden um mit Gewalt auf eine Party im Zimmer nebenan verfrachtet zu werden. Aber eine Erklärung der einzelnen Karten hatte sie mir vorher geben können. Ich weiß noch, dass mich der Anblick dieser Karte sehr beunruhigte. Ein knochiger Kerl war dort abgebildet, mit einer Sense in der Hand in einer kargen, unfreundlichen Umgebung. Aber sie meinte, dass diese Karte eigentlich nicht den physischen Tod, sondern eher eine Art Loslassen und das Ende einer Sache und somit den Beginn von etwas Neuem bedeutete. Dies sei etwas Positives.

Also gut, dachte ich. Man sollte es also positiv sehen, wenn man dem Tod begegnet. Auch wenn er in diesem Fall nicht als Karte aus Pappe vor mir lag, sondern mir leibhaftig gegenüber saß. Ich nahm noch einen letzten, mutmachenden Schluck aus meiner Cola, stand auf und versuchte sicheren Schrittes zu ihm rüber zu gehen. Da saß er und wischte sich gerade mit einer Papierserviette das Pommesfett von seinen knochigen Fingern. Er wirkte sehr vertieft, aber nicht in sein Essen. Das wanderte eher beiläufig in seinen Mund. Fast melancholisch schaute er ins Nichts. Langsam blickte er auf, als ich an seinen Tisch trat. „Hallo!", sagte ich. „Sie sind mir aufgefallen und obwohl es sonst gar nicht meine Art ist so direkt zu sein, ich will Sie sicherlich nicht beim Essen stören, muss ich jetzt dennoch ganz direkt fragen: Sind Sie der Tod?" „Du", sagte der Tod. „Ich?", fragte ich. „Nein, nein", sagte der Tod. „Ich wollte dir nur sagen, dass wir uns gerne duzen können. Ich begegne den Leuten immer auf einer sehr persönlichen Ebene. Da bietet sich das Du einfach an. Und da ich auch oft nicht all zu viel Zeit mit meinen Bekanntschaften verbringe, warte ich meistens nicht lange damit das anzubieten. Ich denke, du hast nichts dagegen, oder?" „Ja. Klar!", sagte ich. Das Eis war gebrochen. Ein Profi, dachte ich. „Ich nehme an, es ist kein Problem, wenn ich mich kurz zu dir setze?" fragte ich. „Ganz und gar nicht!" sagte der Tod freundlich, während er mir mit der Hand einen Stuhl zuwies. „Also, um deine Frage zu beantworten: ja, ich bin der Tod. Aber hab keine Angst, ich bin nicht wegen dir hier. Selbst wenn, sollten die Leute in mir eher den Beginn von etwas Neuem und nicht das Ende einer Sache sehen. Mir wäre es wirklich lieber auf diese Weise wahrgenommen zu werden. Aber andererseits kann ich es niemand verübeln, wenn er sich vor mir fürchtet. Natürlich weiß ich selbst, dass mein Äußeres hier sicher eine Rolle spielt. Aber so ist es eben. Der Polizist trägt Uniform, der Priester den Talar und ich eben einen alten, in Fetzen gerissenen Umhang." Er beendete seinen Satz und schaute mich an. Müde sah er aus. „Kommst du oft hierher?", fragte ich ihn. „Ja, sagte er. Eigentlich regelmäßig. Nun ja, regelmäßig, was heißt das schon? So einmal im Jahr vielleicht? Ich habe öfter hier in der Gegend zu tun, da bietet es sich einfach an, weil ich meistens nicht viel Zeit habe. Termine, verstehst du?" Er lächelte ein bisschen. „Ich hätte gar nicht damit gerechnet dich hier zu treffen. Um ehrlich zu sein, habe ich immer ein bisschen gehofft, dass ich nie deine Bekanntschaft machen muss.", sagte ich. Seine müden Augen wurden traurig. „Bitte nicht falsch verstehen!" fügte ich meiner Aussage schnell hinzu. „Es ist nicht Persönliches! Ich meine ja nur, dass man das Unausweichliche in meinem Alter gerne verdrängt." Ich lächelte nervös. Das Letzte was ich wollte war, dass mich der Tod für ein Arschloch hielt. „Mach dir keine Sorgen.", sagte der Tod. „Ich weiß schon wie Die Leute denken. Ich kann das nachvollziehen. Alle haben den sicheren Tod vor Augen, aber keiner will ihn sehen. Das ist doch ganz normal. Und ich selbst kann nur dazu raten, sich auf das Hier und Jetzt zu konzentrieren. Auf das schöne Wetter, auf den Hamburger mit Pommes, auf ein kühles Bier, auf gute Gesellschaft. Ich mache den Job jetzt schon sehr lange, und ohne mich selbst zu loben, ich mach ihn auch sehr gut! Eines Tages werde ich da sein, dann beende ich Dein Dasein!" Er lachte kurz. Ein fader Wortwitz, dachte ich. „Meiner Meinung nach ist das Leben viel dramatischer als der Tod" fuhr der Tod fort. „Trotzdem bekomm ich die ganze Abneigung!" „Stimmt schon", sagte ich. „Das eigentliche Elend ist doch das Schicksal das einem widerfahren kann." „Hör mir auf mit dem Schicksal!" schnaubte der Tod. „Meine Mittagspause ist zu wertvoll um darüber nachzudenken!" Alles klar, dachte ich. Das scheint etwas persönliches zu sein. Ich versuchte schnell das Thema zu wechseln. „Sag mal, kannst du mir verraten, wieviel Zeit ich noch habe? Vielleicht kann ich mein Leben besser gestalten, wenn mir klar ist, wieviel Zeit noch bleibt!" Um ehrlich zu sein, wollte ich das gar nicht fragen, daher passte mir seine Antwort ganz gut in den Kram. „Natürlich sage ich Dir das nicht! Dein Leben würde sich, sobald Du das weißt, wie die Reise durch einen schmalen Tunnel anfühlen.

Unabänderlich in der Richtung, immer nur auf einen Punkt zurasend würde alles um dich herum immer unwichtiger und dunkler werden. Das Ende dieser Reise würde mit SiebenMeilenStiefeln näher rücken. Glaube mir, es ist besser, Du machst es wie bisher und ignorierst das Unausweichliche.

Auf einmal hörte ich ein lautes Quietschen, gefolgt von einem Knall, danach ein Scheppern. Ich schaute mich um. Ein paar Leute waren von Ihren Stühlen aufgesprungen, pressten nun ihre Gesichter an die Scheibe und schauten aufgeregt in Richtung Autobahn. Von meinem Platz aus konnte ich sehen, dass dort ein Reisebus auf der Seite quer auf der Fahrbahn lag. Ein paar weitere Fahrzeuge waren offenbar bereits in den Unglücksbus gerast. In Richtung Himmel erhob sich eine dicke Rauchsäule von den Wracks. Der Tod stand auf. „Ich muss los!“, sagte er. „Hat mich gefreut!“, sagte ich. „Mich auch. Wir sehen uns!“, sagte der Tod. Ich ging nach draußen und stieg in mein Auto.

Ich startete den Motor, im Radio stampfte ein Song:

„Du warst auf der Suche
Ich war auf der Flucht
Hörst du die Räder rollen?
Durchsichtig und klar
Irgendwann in der Nacht
In Musik gebadet
Jede Blume hat ihren Schatten
Zweitausend Lieder
Zweitausend Tode
Mamamama, warum hast du mich geboren
Oder hat mich der Esel im Galopp verloren?“

Ja, dachte ich. Wir wurden alle verloren und befinden uns auf einer Reise, die am Ende von einer Gestalt mit knochigen, fettigen Fingern beendet wird. Ich fuhr los. Meinem Schicksal entgegen.

DER TRAUM IST AUS SCHERBEN

das bushäuschen ist
abgebrannt
splitter aus beton
steine aus glas
es hat uns beschützt vor hartem regen
schneetreiben
und all zu grosser sonne
das lächeln der mädchen
ein flügelschlag des schmetterlings

ROK 2020

E gesù andò laggiù
Giu a kapharnao

Die Hohepriesterin herrscht bewusst über die sinne des jungen Narren. Sie ist die Eidechsenkönigin und kann alles tun.

Den Bildband „Die Ballade von der sexuellen Abhängigkeit“ wird der erfahrene Polizeibeamte Monate später aus einem auf dem Dach liegenden Kleinwagens als Indiz sicherstellen.
Die Ballade war ursprünglich als Installation geplant. Photographien zeigen das autobiographische Umfeld von Nan Goldin, die in den Achtziger Jahren ihr durch Drogen gekennzeichnetes Leben dokumentiert, ihre Freunde, ihre Liebhaber, ihr Sein.
Der Verlag 2001 veröffentlichte die fragmentarische Photographiesammlung als Bildband. Von dem poetischen Titel angezogen, erstand diesen der junge Mann über eine annonce in dem damals geläufigen Gebrauchtwarenkatalog mit dem treffenden namen flohmarkt, wohl das heutige ebay kleinanzeigen.

Der deutliche, rumänische Nasenrücken des Mädchens mit den kurzen haaren glänzte sinnlich im Licht des Mondes, als der stolze Herrscher über den neuen Wagen ihr das Buch schenkte.
wie ihn überflutete sie der anmutende Titel des abgenutzten Buches. blindes vertrauen war mit einem Augenkontakt geboren.

„es heisst, ich hätte sehr unsolid getanzt ?

„ich bin weit weg - weltweit, bei Dir“,

stolperte es aus dem Narren. Er wollte etwas Schönes sagen.

Der warme Klang der Blaupunktanlage im Mercedes/8 beherbergt die Liebenden unter dem Baldachin des beschützenden Blechkrafttieres in der Leichtigkeit derer Zuneigung füreinander.

Ein vertraut - kratzender Bariton von Professor Almuth Zenz verhiess intellektuelle Wärme, als er ihren nächsten Song ankündigte:
„Wo ich letzte Woche den ersten, von einer Frau in Deutschland geschriebenen Songtext präsentiert habe, möchte ich Ihnen nun das erwähnte

Original nicht vorenthalten,
hören Sie nun mit meinem schweren Ausatmen die „Shadows" mit
„Theme for young lovers"

Surf-Gitarre, Bass, drum-kit, No vocals.

„Am Himmel hängt
Ein Rätsel, aha.
Aus der Asche steigen Vögel,
Nacht für Nacht an jedem Tag."

Raute nestelt an ihrem braunen rock, segelt mit ihren zarten fingern der filigranen melodie nach, zu den hohen tönen der Surf-Gitarre, verführt sich mit den eigenen Fingern,wird eins mit dem Zupfen der Saiten, der unvermeidbaren Präsenz des Vollmondes und dem Jetzt, in der Gesellschaft von blindem vertrauen.

expir
inspir
„wenn Vollmond ist, kommt eine besondere, unglaublich starke Lust in mir auf"

Die Surf-Gitarre wird leiser. Der Professor setzt seinen schwarzen Hut auf und verlässt mit Marlene das Studio, für immer.

Wir stehen in der Schottereinfahrt ihres Elternhauses. Ich habe sie wie ein Gentleman nach Hause gebracht, teile den Genuss der Sommerleichte und den Geruch nach holz,chrome, leder und tier mit dem Mädchen mit den kurzen Haaren.

ich sehe ihre Silhouette im Gegenlicht des Mondes.
Nirtak und die anderen Krähen schlafen im Hintergrundbild souverän in ihrer Körperspannung auf der Stromleitung am Horizont.

„Der Geruch erinnert mich an meine Grossmutter. ich vermisse sie."
„Vielleicht können wir sie einmal besuchen ?"
Das Radio schweigt, wir hören nur den Mond.
Ich drehe mir eine Zigarette.

„ So tu‘ ich mir was Schönes an.
ich bin ganz Krabbel Kribbel „

„Wenn Du rauchst, mache ich was anderes.“

Raute erhebt sich kurz aus dem Autositz und streift ihren schwarzen Slip langsam an ihren hellen Beinen entlang, zieht den Stoff von ihrem Absatz ab und wirft ihn mir in den Schoss.

Als ich den dünnen Stoff berühre, fährt es mir unweigerlich zuerst in den Magen, dann in den Unterleib.
Wir sehen uns an, lächeln innerlich, unsere Mimik bleibt unverändert.
Raute legt ihre Hände auf ihre Schenkel, sie umfasst die Innenseiten und der Mond befielt ihnen, sich zu öffnen.
Das rechte Bein streckt sie aus, das linke legt sie angewinkelt über den Gangschaltungsstab.

„irgendwann werden wir uns abwenden, von den Menschen. jeder ist von jedem enttäuscht und wir wenden uns wieder unserem wilden Kern zu.“ sagt die gerade zwanzigjährige Frau.

distanz ist die voraussetzung für wahrnehmung

Das Rascheln ihres Rockes und die kaum vernehmbare Wanderlust über ihre Haut lässt mich das Rauschen meines Blutes hören.

„Würden wir einfach knutschen, würden wir das tun, was alle Anderen auch machen, Millionen Andere ? Ein Filmkuss. Wenn wir das nicht tun, machen wir die Begegnung zu etwas Besonderem, etwas Unwiderbringlichem. Eine Art Widerstand gegen das Gewöhnliche. Das Eigene.“

Meine wandernden Augäpfel verfolgten ihre Hand, die sich, den Träger abstreifend, den Weg zu Ihr selbst und ihren Brustwarzen frei schwiegen. Die andere Hand fand das feuchte Resultat des Vollmondes und einer sensiblen Begegnung in blindem Vertrauen.
Ich war mehr beeindruckt und beseelt von Ihrem Handeln, als erregt. Alles war ich, in diesem Moment. Lebendig und unsterblich, weltweit bei Ihr.

Zu den Geräuschen der zirpenden Grillen kam das lustvolle Atmen der jungen Frau hinzu, ein Keuchen - ein Hecheln. Totraum in der Lunge.

Intensives Verlangen liess mich immer wieder die Augen schliessen, blinzelte ich unter den Wimpern hervor, sah ich den zuckenden Körper neben mir, roch das Leder, das Holz, die Haare und ihren Atem. Sie zu berühren hätte alles zerstört, jetzt, im Hier.

Sie zog an ihren Brustwarzen und drehte sie zwischen den dünnen Fingern, übte mit der anderen Hand Druck auf ihren Unterleib aus,schob die Zunge zwischen Zähnen und Oberlippe hindurch. Ein weiteres, schmatzendes Geräusch mischte sich in die Stille der Nacht ein.

„Die Grillen zirpen
So eine schöne Memory.
Ich bin ganz kribbel krabbel
Meine eigene Melodie."

Das schweissfeuchte Gesicht unter den kurzen Haaren wandte sich zuerst dem Mond zu, dann mir. Dem Atem beraubt, schnaubte sie:

„Du bist DA !"

In steigender Erregung und heftigem Bearbeiten ihrer Brüste und ihrer Scham, mit einem glückseligen und gleichzeitig lustschmerzverzerrten Gesichtsausdruck, kniff sie sich deutlich hart in eine Brustwarze und ein dünnes, rotes Rinnsal floss an ihrer Brust entlang. Ein Schrei in die Wildnis hinaus ! Der Schmerz des Körpers verdrängt den der Seele.

Sie suchte die Verbindung, griff meine Hand und zerquetschte sie beinah. Die andere Hand wollte das Werk der Lust zu Ende bringen, der Unterleib bäumte sich in heftigen Schüben auf und ab.

In mehreren Intervallen klatschte schliesslich die heisse Körperflüssigkeit wild duftend gegen den Deckel des Handschuhfaches,
ihre Nägel bohrten sich in meine Handfläche und ich spritzte in meine Hose, ohne dass ich mich berühren sollte.

Raute, das Mädchen mit dem kurzen Haar, hatte mich berührt. Benommen sassen wir in dem Wagen, lauschten dem Rauschen des Mondes, dem Zirpen der unsichtbaren Grillen und dem Abtropfen ihres Nektars auf die Fussmatte.

„...Meine Seele fliegt zu Dir dann
Und sie fliegt dir in Dein Herz
Und du wirst mich lieben
Wenn du auch nicht treu bist
Doch du wirst mich lieben bis zum Tod“
(Text * Marlene Dietrich)

Der alterslose Junge hatte an dem Wagen, bis zum Totalschaden verursachenden Aufprall, niemals eine Innenreinigung vorgenommen. Zum Einen, weil er es Holzhose versprochen hatte, zum Anderen der Markierung wegen.

„Er sah einen guten Menschen, der sich selbst befriedigte
unter dem Olivenbaum“
(Text * Rio Reiser/ Ton Steine Scherben IV)

Kribbel-Krabbel heißt in dem Märchen „Der Wassertropfen“ von Hans Christian Andersen auch ein alter Mann, der von allem nur das Beste haben will. Ob Rio das Märchen gekannt hat, ist möglich, aber nicht geklärt. (Wikipedia)

Exit Lonetal:

Eine Zeitmaschine will ich bauen, ich denk an den Tag zurück, wir sitzen in deinem Zimmer und .. (Text von EA80)
Stopp das geht nicht weit genug, umdrehen, jetzt doch lieber meinen Text, wir rutschen zur Steinzeit und feiern im Lonetal in der Vogelherdhöhle meinen Geburtstag und genau dort findet man Jahre später ein Stück Mammutknochen, als die Höhle zur Welterbestätte, oder dessen Fund zum Weltkulturerbe ausgewiesen wurde. Ich kann mich leider nicht mehr daran erinnern, ob, oder auch was da noch auf dem Feuer brutzelte. Als wir damals die Kisten Bier zur Höhle schleppten und uns am Feuer wärmten, war der Begriff Weltkulturerbe bei uns so präsent wie eine Menschenrechtsorganisation in Nordkorea.
Bemerkenswerterweise gab es in dieser Nacht aber so eine Art Waffenstillstand mit ein paar Rockern , die am anderen Ende der Höhle saßen und sich etwas über den ständigen Rauchabzug in ihre Richtung beschwerten. Als wir dann morgens neben dem Feuer im Staub aufwachten, waren auch sie wie die Rauchschwaden verzogen. Irritierend war nur noch der Besuch einer Familie , als deren Kind bei unserem Anblick fragte: Mama, sind das Höhlenmenschen? Das Mädchen hatte uns also durchschaut , wir also raus aus dem Staub, rein in die Sonnenbrillen und dazu vermutlich der Soundtrack dazu:

The Cave 4 : Golden Nugget

Demnächst oder Nicht vergessen , die ökologischen Fußabdrücke

Exit Salon Hansen,
Exit Olga Bar
Exit Sound Circus
Exit Eden Bar
und vielleicht mal Filmmaterial von
Der King und die Rosi
El Topo im Würgegriff der Olgabar

Und der Debut-Roman: Baby, ich kann dich nicht auch noch lieben.

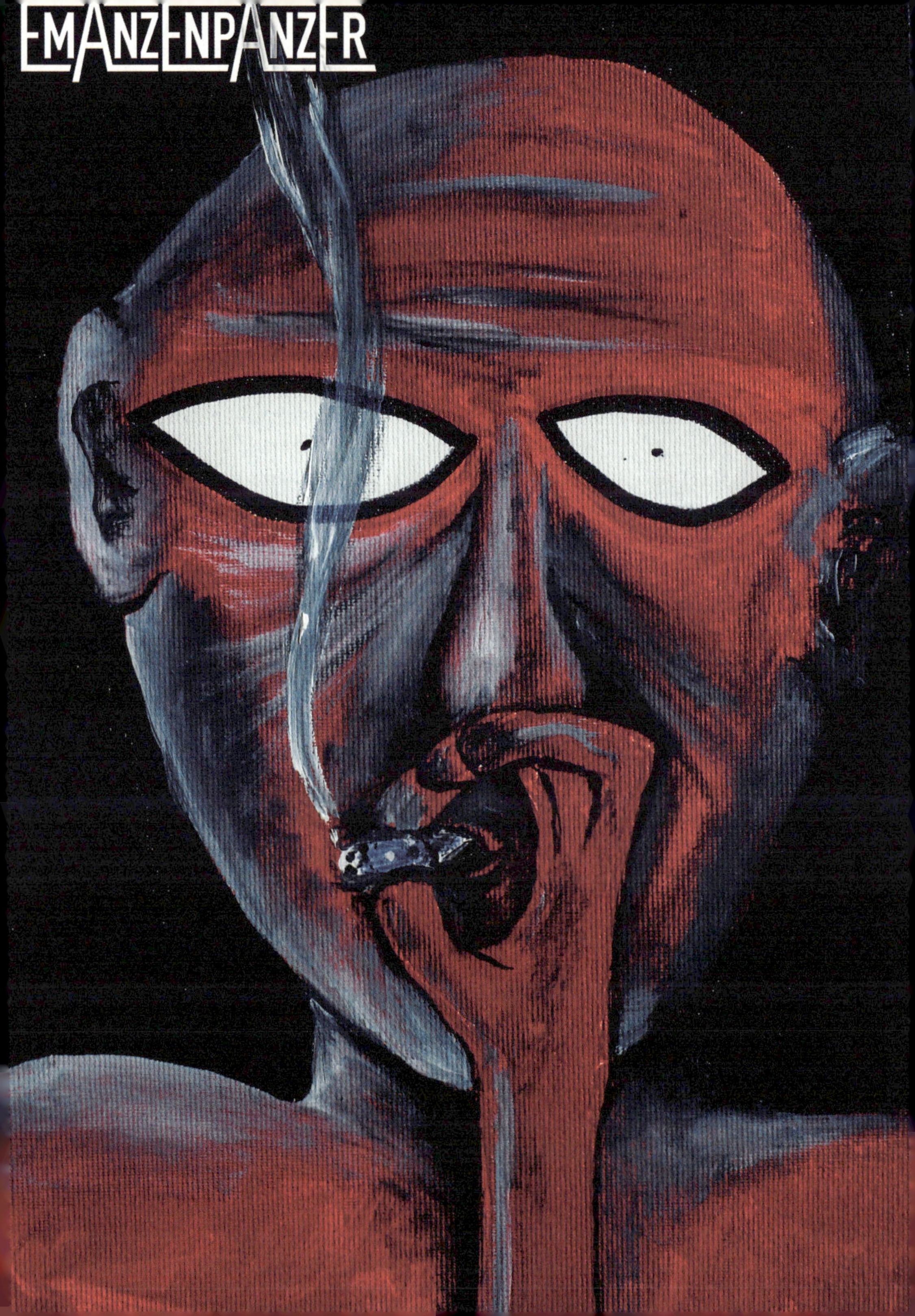

Der Wind schmeckt salzig in Marseille.
Wir gehen langsam den Weg durch den Park mit den vielen Grabsteinen, den der grossgewachsene Mann immer mit seinem Hund ging. Der Weg vom TATTOO - Studio in der König-Wilhelm-Straße zu Ihm nach Hause. Sein Sohn war schon vor einigen Jahren gestorben. Er hat ein rares, charmantes Lächeln.
Das soziale Umfeld minimiert sich, wenn Du von oben bis unten tätowiert bist. Er schreitet voran, als müsste er sich durch Spinnweben drängen, wie die Protagonistin Justine in der Eingangssequenz von „Melancholia“, dem Endzeitfilm von Lars von Trier aus dem Jahre 2011. Das stürzende Pferd und vom Himmel fallende, tote Vögel begleiten die Frau in Zeitlupe durch ihre Depression, welche sich wandelt, als das Ende der Erde in Sicht ist, musikalisch inszeniert durch Wagners „Tristan und Isolde“ .
Die Luft im Gefängnis ist dünn und stickig.
„Das erste Tätowiergerät habe ich selbst gebaut. Ich sollte was Anständiges lernen. KFZ- Mechaniker.“
Die Schritte sind hölzern, als metamorphierte er schon jetzt zum Baum. Moos kriecht aus seinen Stiefeln die Beine empor, irgendwann wird er in Holzhosen durch den Alten Friedhof gehen, dann nicht mehr gehend, als einer von Ihnen dort stehend.
„Sex ist irgendwann nicht mehr so wichtig. Die Erotik bleibt.“
Wir gehen ein Stück durch die Frauenstraße.Rosi geht nicht mit der Konjunktur. Der unverwundbare Siegfried grüsst uns mit erhobener Faust durch das Schaufenster. Er hat noch einen Kunden. Der ausgewachsene Gorilla stöbert sich durch die Afrika-Abteilung des Schallplattenladens und winkt uns mit der „Alligator Wine“ - Sonderpressung von Screaming Jay Hawkins.
Nirtak zieht ihre Spährunde über uns und der Stadt, auf der Suche nach ihrem Abendbrot. Wir biegen vom Hafenbad in die Kohlrabengasse ab, wo nach einigen, holzigen Schritten eine Träne auf dem Asphalt zerspringt. Wo kein Schmerz, sei keine Lust.
Der Holzmann deutet Schritte später auf den ersten Stock über dem Café Brettle. „Mitte des Monats sind die stationierten GI´s hier Schlange gestanden, um sich von mir tätowieren zu lassen.“
Im Brettle hatte ich den Holzmann zum ersten Mal wahrgenommen, es war die Zeit, in der ich auch CHN kennenlernte. Zwei von den Menschen, die mir das Wort Widerstand in meine Seele tätowiert haben.
Der Mann mit dem tätowierten Gesicht ist müde. Er will nach Hause, wo immer das sein mag.

wenn ich nicht mehr kann
in dieser welt, zu sein
wenn die Maske verrutscht
das Lachen gewinnt gegen Ernst
und ZYNISMUS im scrabble Punkte bringt
dann geh ich in den Schwesterwald.
denn ich bin Dein und Du bist mein.

wenn mir die Stille der Stimmen
zu laut wird
und die Schreie der Armen zu leise
dann geh ich auf die Reise
verschenk das restliche Geld
und gehe in die Zwischenwelt.
Ich bin nicht weg, ich bin hier
Teil Dein Leben mit mir.

PETER ZWEY konnte in Ulm gar nicht beliebt sein. Als Philosoph, ausgebildeter Hörfunkpionier und auf den schmerzenden Punkt pointierender Kabarettist, als Schauspieler ohne Schauspiel und als liebenswürdiger Sarkast, als ewig Suchender nach dem Humor im Roggen oder im unreflektierten Ulmer, konnte der Peter Zwey gar nicht beliebt sein in Ulm. Dazu hätte es Selbstironie oder gar Feinfühligkeit bedarft, bei den hiesigen Kulturabschaffenden, zur Zeit seines Wirkens in der schönen Münsterstadt.
Peter Zwey zog sich nach unendlichen Versuchen, sich selbst mit diesem Menschenschlag zu arrangieren, getreten, von links und rechts, aber mit einem kichernden Kichern unter seinem magischen Schnauzbart, weil innerlich beseelt, in die, seine schöne Heimat des Allgäus zurück. Dort starb er zurückgezogen und erlöst. Auf Erden hinterlassen, hat, er das, was das sehende Auge des Blinden zu sehen vermag. In Liebe, weit über den Tod.

Sein Lieblingszitat :

„Es wurde schon alles gesagt, nur nicht von Jedem"

Für alle Werbeagenturen dieser Welt.

worte
für's bauhaus
sind gut
taten
für die
hfg
sind besser

Die Ulmer Schule
nach Pornophon

Das Lebensmodell des Narren

Sofia Stofflovsky

Die Ulmer Schule nach Pornophon beschreibt eine gesellschaftliche Grundhaltung der Gleichgültigkeit.

Denkrichtungen der Wissenschaft werden gerne nach den Orten ihrer Entstehung benannt. Weit über Deutschland hinaus ist die Frankfurter Schule des kritischen Rationalismus bekannt.
In der Musik gibt es ein ähnliches Phänomen. Rund um Tocotronic entstand die Hamburger Schule. Ein typischer New-Orleans-Sound ist bekannt. Punk wurde weiterentwickelt zum Hardcore und ortsspezifisch noch weiter ausdifferenziert zum geläufigen New York Hardcore oder dem weniger bekannten Boston Hardcore.
Pornophon, eine Band aus Ulm, beschreibt 2021 unter dem Stichwort „Ulmer Schule" erstmals die Verknüpfung einer gesamtgesellschaftlichen Denkschule mit einem ortsspezifischen Sound.

Sound aus Ulm

2017 begegnen Pornophon in Scheer an der Donau Hans-Joachim Irmler, einem der Gründungsmitglieder der Krautrock-Ikone FAUST. In seinem Studio entsteht „Propheten", die sechste Aufnahme der Band. Vor Ort kommt es zu Konflikten zwischen Irmler und den Künstlern: Er fragt, warum man denn als Ulmer Truppe Englisch singen muß. Der Studiochef wirft den Musikern groben Dilettantismus vor, da sie ein HiHat nutzen - laut Irmler „so überflüssig wie ein Metronom und nur eine miese Erfindung der beschissenen Schlagzeug-Industrie, um Kohle zu machen". Trotzdem entsteht eine Art Liebesbeziehung zwischen dem Studioboss und der gescholtenen Band. In einer Nacht-und-Nebel-Aktion schleicht Irmler ans Schlagzeug und wirft das HiHat in die Donau.

Der Texter der Band hat elf englischsprachige Songs nach Scheer mitgebracht. Einer dieser Texte hat nur einen Vers, die Musik benötigt aber noch einen zweiten. „Inhaltlich ist schon alles drin, was ich zu sagen habe. Ich wüsste nicht, was ich in einem zweiten Vers noch hinzufügen soll!“ Die Band steht vor einem Problem. Die Lösung: Der Texter übersetzt den Vers ins Deutsche und singt einfach das gleiche noch einmal, nur in einer anderen Sprache. Das Lied „Propheten“ entsteht. Wie Trio es vorgemacht haben (mit einer unerreichbaren Selbstverständlichkeit und Lockerheit), wird der Song/das Lied halb englisch, halb deutsch gesungen. Irmler zeigt sich zufrieden und veröffentlicht die LP im Jahr 2018 auf seinem Label Klangbad.

Sprung ins Jahr 2020. Neue Lieder sind in der Zwischenzeit entstanden. Mittlerweile werden alle auf Deutsch gesungen. Die Begegnung mit Irmler hat Pornophon imponiert und verändert. Der Texter hat neue Vorbilder gefunden: Sie heißen nicht mehr Jello Biafra, Mike Muir oder Kurt Cobain, sondern Udo Lindenberg, Stefan Remmler und natürlich Rio Reiser. S’is eben so, in der Muttersprache spricht sich’s schöner. Auch Irmler hat mit dem HiHatspiel der Band seinen Frieden gemacht und aus seinem Fundus ein neues spendiert. Das neue Album „Ulmer Schule“ ist kein Hardcore, der nach einer weit entfernten Stadt in den USA klingen will. Das Titellied beschreibt mit deutlichen Worten den Heimatort der Band und spart nicht an Kritik. Denn in „Ulmer Schule“ ist die Band nicht freundlich zu ihrer Stadt.

Die „Ulmer Schule“ entsteht

Texter Bernhard Seidt hat die Idee zu „Ulmer Schule“ nach einem Gespräch mit einem achtjährigen Jungen. Es geht darin um neue Freunde des Kleinen, die plötzlich in der Schule aufgetaucht sind, die vor Krieg und Zerstörung fliehen mussten, die nie gehörte Geschichten voller Grausamkeit erzählen können, mit der Ungerührtheit von Kindern: „Opa wohnt in einer Burg, aber die Burg ist explodiert, und jetzt ist Opa tot.“ Der Junge, behütet aufgewachsen im beschaulichen Ulm, zeigt sich entsetzt von der Tatsache, daß es in der Welt der Erwachsenen echte Panzer gibt. Daß Waffen gebaut werden, hochtechnologisiert, mit dem Ziel, Menschen zu töten. Daß Flugzeuge, ausgestattet mit von Ingenieuren ersonnenen Radarsystemen, vom Boden abheben, um mit Überschallgeschwindigkeit den Opa eines Freundes in die Luft zu sprengen.

Das Gespräch findet statt an einer Stelle im Ulmer Stadtgebiet, die den Blick freigibt auf einen weitläufigen Gebäudekomplex mit

pornophon

ulmer schule

verschachtelten Innenhöfen, umgeben von einem massiven Zaun, streng gesicherten Eingangsbereichen, sehr unauffällig gestalteten Firmenschildern. Den nächstliegenden der Innenhöfe können Seidt und der kleine Junge während ihres Gesprächs ungehindert einsehen. Dort stehen drei fabrikneue Spähpanzer. Wuchtig, bedrohlich, massiv, in Tarnfarbenlackierung, seltsam anzusehen in der ganzen Pracht eines noch nie genutzten, gerade aus der Produktionshalle gerollten neuen Gegenstandes. Es sind Gegenstände, die zum Töten gebaut sind. Sie könnten dazu genutzt werden, den Opa eines neu gewonnenen Freundes zu töten. Seidt ist sich der Absurdität der Situation voll bewusst. Ein Kind zu belügen kommt für ihn nicht in Frage: „Weißt du eigentlich, was in den Gebäuden da drüben passiert?“

„Ja, da arbeitet mein Papa!“

Der Ulmer als Modell für den „Mir-egal-Menschen“

Ulmer leben in der Gegenwart des auf Töten ausgerichteten Ingenieurswesens. Sie leben schon lange so. Sie leben davon. Steuergelder fließen aus diesen Geschäften in die Stadtkasse, die Stadtkasse schüttet die Gelder wieder aus, ein Rosengarten wird saniert, eine Skatehalle gebaut, ein Kindergarten finanziert, Punkschuppen werden subventioniert, in denen subversive Bands gegen Rüstung ansingen, auf Bühnen, die vom Steuerertrag der Rüstungsgeschäfte mitfinanziert werden. Niemand entkommt dieser Tatsache. Jeder kennt jemanden, der schon gefragt wurde: „Interesse an einem gutbezahlten Job?“. Jeder kennt jemanden, der „Ja!“ gesagt hat. Die Ulmer leben damit und es ist ihnen egal. Wie könnte man sich auch ständig mit den alltäglichsten Grausamkeiten des Daseins beschäftigen, wo soll man denn da anfangen, es gibt viel zu viele Themen auf der Welt, im Mittelmeer ertrinken sie reihenweise, Minderheiten werden überall unterdrückt, Rassisten töten Politiker, Küken werden geshreddert, Millionen Schweine werden geschlachtet, Rinder in den Kopf geschossen, zu Wurst verarbeitet, auf den Teller gepackt, gefressen. Wurst muß man bezahlen, warum nicht für gutes Geld bei einem alteingesessenen Global Player arbeiten? Wozu die jahrelange Plackerei im Ingenieursstudium, wenn nicht um Geld zu scheffeln, warum denn nicht mit der Entwicklung von Rüstungsgütern, das Arbeitsfeld ist technisch gesehen ja durchaus herausfordernd, vielleicht sogar auf perverse Art spannend, ein Eigenheim in Söflingen ist nicht billig.

Dieses Lebensmodell läßt sich mit Leichtigkeit auf ganz Deutschland und auf jedes Land der Erde, das Rüstungsgüter herstellt, übertragen. Was dem Ulmer egal ist, muß auch sonst keinen interessieren. So dient die Ulmer Schule der „Mir-egal-Haltung“ letztlich allen gleichgültigen Menschen zur Rechtfertigung ihrer Bequemlichkeit:

„Wenn ich's nicht mache, stehen zehn andere bereit.“

Ist der Ulmer Mir-egal-Mensch nur ein Narr, der es nicht besser weiß? Der sich in dieser Bequemlichkeit suhlt, weil er nichts anderes kennt? Oder ist er jemand, der absichtlich und mit Schläue und Heimtücke die anderen zum Narren hält? Jemand, der schöne Fassaden baut, um mit voller Absicht dahinter dreckige Geschäfte abzuwickeln?

Pornophon geben dazu kein finales Urteil ab. Sie haben keine konkrete Handlungsanweisung, keine Vorschläge, wie es besser wäre. Das ist auch nicht ihre Aufgabe als Künstler. Den Finger in die Wunde legen, gerne mit ungeschnittenen und scharfkantigen Fingernägeln, ein bißchen drehen und bohren - das ja. Aber die Entscheidung zu fällen, ob die Wunde überhaupt weh tut, wie sehr sie schmerzt, ob man sie schwären und eitern und gedeihen läßt, ob man den Verband anlegen und Wundsalbe kaufen will, diese Entscheidung muss jeder für sich alleine treffen.

Halle an der Saale im Februar 2021

Biebl in die Kirche,
Martini on the Rocks
Juchheim ins Rathaus
(Wahlkampfslogan der Grünen, für die Oberbürgermeisterwahl 1989).
Amtierender OB war damals Dr.Peter Biebl, Klaudia Martini forderte ihn damals für die SPD heraus, Rainer Juchheim für die Grünen. Biebl blieb im Amt.

„Leben einzeln und frei wie ein Baum
& dabei brüderlich wie ein Wald
Diese Sehnsucht ist alt
Sie gibt uns Halt In unserem Kampf
Gegen die Dummheit, den Hass, die Gewalt.
Wir Gefährten im Zorn, wir Gefährten im Streit
Mit uns kämpfte die Vernunft und die Zeit."

(***HANNES WADER)

Rainer Juchheim 9.10.1946 - 03.05.2021

Dank, für politische Prägung.
Die Legende, Mensch zu sein.
Danke, Raymonde und Rainer
Für unbequemen, wahrhaftigen Sonnenschein.

Als Ringo kopflos über das Bein des Stadtschergen stolperte und der verkürzten Länge nach auf den Boden fiel, trat einer seiner Leute im aufkommenden Tumult einen Schritt rückwärts, entriss einem alten Mann einen Lumpen, den er sich über den Kopf warf, mischte sich unter den schaulustigen Pöbel - und verschwand.

Einen gewöhnlichen Dienstagabend in der tiefsten Provinz Süddeutschlands zu einem ungewöhnlichen Dienstagabend zu machen, zählte zu einem von vielen Talenten Ringos. Plakate für ein avantgardistisches Konzert bei Ellah Dark für nächstes Wochenende, in der Weststadt, links vom Roxy, wollten an den einschlägigen Orten des Dorfes angebracht sein. Dies zuverlässig erledigend, traf Ringo am Nachmittag auf eine rumänische Zigeuner-Kapelle, welche er, um seinem Freund und Kneipenwirt zum Geburtstag eine Freude zu bereiten, zum Abend in die Lokalität namens OLGA engagierte. Das Lokal war noch leer, als Ringo, freudig erregt, mit den vier Herren und ihren folkloristischen Instrumenten, am frühen Abend eintrat und mit feierlichem Gehabe und dem klappernden Fingerschmuck den Abend eröffnete. Wanderley, der Barkeeper und der Wirt sahen sich verdutzt an. Offensichtlich gerührt, änderte der Wirt seinen Plan des freien Abends zu Hause und besorgte erst einmal Elementares : Getränke.
Gute drei Stunden spielte die Combo jegliche Wunschsongs, die den eintrudelnden Stammgästen und denen, die es werden sollten, einfielen. Manche waren ihnen vom Titel bekannt, wie „yesterday“ oder „besame mucho“ - oder sie waren in der Lage, nach schlichtem Vorpfeifen- oder Singen, oder Vortanzen, einzusteigen und das Lied fertig zu spielen, somit sprudelte ein unerschöpfliches Repertoire aus den vier Männern zwischen dreissig und fünfzig Jahren heraus. Ringo bestand dabei zwingend auf einen frühen Beatles -Song, den diese 1961 mit Tony Sheridan einspielten :
„Oh, ain‘t she sweet?
Well, see her walking down that street
Yes, I ask you very confidentially
Ain‘t she sweet?“

Ringo schlug die Saiten für den Gitarristen an, so gut er konnte, die Band gab ihr Bestes und der Dienstagabendchor sang irgendetwas, das dann eben in „sweet“ endete. Die vierhundert Euro Gage, die er den Jungs zusagte, wurden erst gegen zwölf Uhr mit todernster Miene und entsprechender Geste mit dem Finger über die Kehle fahrend, von Ringo formuliert. So wurde begonnen, Geld einzusammeln, einer kümmerte sich um den singenden,

tanzenden Chor, der Andere ging an die Tische und bettelte die paar Gäste an, die das Gegröle ertragen mussten und nun noch dafür zahlen sollten. Irgendwer legte dann noch einen grossen Schein drauf und die Band konnte entlassen werden, ohne dass jemand frühzeitig gelyncht wurde.
Die höchstpersönlich zusammengestellten Musik-Sampler, noch auf Compact Disc, allesamt mit Vereinswappen von erst- bis drittklassigen Fussballclubs, kompiliert und gestaltet von Wanderley und die liebevoll zubereiteten Wurstsemmel, welche jeden Abend neu betitelt wurden, an diesem Abend eben „Super Sound Semmel“, rundeten diesen Abend in der OLGA-Bar ab, welche im Gegensatz zu der einige Häuser weiter liegenden Pufferbar extrem ländlich daherkam. Der Aufkleber an der Eingangstür warb für das Programm : „Tiefste Provinz“.
Während die Pufferbar mit ihren Musikern Andrew McGinn und Frank Wegling von den „Petty thefts“ mit british-exotischen Stars und Mädchenschwärmen als Barkeeper aufwartete, welche das Ulmer Nachtvolk mit den neuesten Independent-Bands zum einzig geltenden Musikgeschmack ever erzogen, hantierte die kleine Schwester OLGA noch unbeholfen mit Frank Sinatra - und James Last - Platten herum, wurde anfangs zurecht dafür belächelt, fand aber mit beharrlichem Sinn für Humor ihre Daseinsberechtigung in der Stadt des ewigen Nebels.
Der Begriff „Musik-Nazi“ war geboren. Alles, was nicht independent war, ging gar nicht mehr, war verwunschener Kommerz. Menschen, welche Kim Wilde oder Fun Boy Three abends in einer Bar laufen liessen, wurden zu kastenlosen, lebensunwürdigen Kreaturen - Vom Zwang der Berufswahl über den Zwang der Partnerwahl direkt zum Zwang der Musikauswahl. Hervorragend deutsch, oder britisch, das schenkt sich wenig. Ulm hat das Feiern nicht erfunden.
Die paradoxe, surreale Aneinanderreihung von Liedgut zeugt eher von freigeistigem Bewusstsein und Facettenreichtum als das stoische Anhimmeln eines Genres.
Wie viele stahlharte Jungs, Ultra-Machos und Sparkassen-Mitarbeiter in schlechten Anzügen sahen wir über die Jahre im HOME tränenverschmiert zu Abba oder Hilde Knef tanzen, wie viele, verheiratete Schwulenhasser fanden sich in homoerotischer Umarmung küssend, in den dunklen Nischen der Bars wieder. „How many roads must a man walk down, before you can call him a man ?“
Solche Abende waren nunmal die Highlights in der Tiefsten Provinz der Münsterstadt, auch wenn es ein Dienstagabend war. Nicht die wichtig angekündigten Star- DJ´s, welche mit dem Begriff „Gage“ kokettierten, um

sich neben ihrem Beruf als Nachtwächter oder Finanzberater auch Künstler nennen zu dürfen. Insgesamt könnten diese alle als DJ „Profilneurose“ auflegen, so müssten die Flyer nicht neu gestaltet werden. Endlich angehimmelt zu werden, war das Motiv. Die meisten von Ihnen wurden ohnehin mit Eiswürfeln beworfen, nicht mit Getränken versorgt, beschimpft und um elf Uhr rausgeekelt, um die eigene Wahl zu treffen:
„Uhuhiii, i feel like Buddy Holly...Tainted Love...Pata Pata...highway to hell... The Beatles : love me do...uh, little Baby, I wanna be your boyfriend...Rain in May...Da Da Da, ich lieb Dich nicht, Du liebst mich nicht...Jesus loves you more than you will know, oh oh oh...strangers in the night...Es lebe der Zentralfriedhof...“
Tanzen, als gäbe es kein Morgen! Auf jeden Song, gut, schlecht, beschissen, egal. Bis um Punkt zwei Uhr der Herr Polizeiobermeister Gabriel mit der Taschenlampe hereinschritt und mit ähnlicher Profilneurose der Veranstaltung ein Ende setzte :
„Sie lernen es wohl nie!“ war sein allabendlicher Spruch, wobei lustigerweise einmal Fifi mit dessen Streifenwagen wegfahren wollte, weil er den Schlüssel hatte stecken lassen. Oder war das ein ähnlich dämlicher Kollege auf der Neu-Ulmer Seite vor der Sonderbar ?
Mit ihren lustigen Uniformen sehen sie alle gleich aus. Hüben wie drüben, links oder rechts der Donau, dies- oder jenseits der Mauer, blau-weiss, grün-weiss, wer weiss?
Eine Protagonistin der Girlie-Band „The Drrrooogies“ hatte sich in einen Typen verschaut, Ringo nannte sie seine „Mädchenfreundin“, war als Egozentriker aber schnell eifersüchtig und wollte ihr den Abschleppdienst vermasseln, indem er vor der Kneipe, wo die Besagte mit dem Schwarm ins Taxi stieg, die Hosen runterrutschen liess, in Boxershorts auf der Olgastrasse stehend, rief „ Nimm mich, Nimm mich !“

Die Bar ist schön wie ein Tier, die ärmliche Anmut,
in jedem Winkel, jeder Ritze, jedem Keuchen, jedem Ächzen,
des alten Hauses . Ohne Liebe Gibts Armut.
Sie ist die Tätowierung, nie eingeritzt, nie revidiert. Sie ist. Wildnis.
Die Bar ist am schönsten, wenn der lärmende Mob noch draussen verweilt
wenn keiner die Tür offen verkeilt,
die Bar ist ein zufriedenes Tier, in mir.
die Menschen, die vielen, nehmen sich alles,
lassen die Egomanie und das Resultat ihres überzüchteten Alltags
auf dem Boden liegen, als zusammengefegten Seelenmüll.

als besoffene Pippi Langstrumpf, wie es ihr gefällt.
Die Bar ist am Schönsten, wenn Sie ihre Anmut für sich behält.

„Und ich werde Dich lieben
Werd` Dich lieben - weit über den Tod
Die Menschen werden sich lieben
Und vergessen - und lieben
Doch ich werde dich lieben weit über den Tod
glaube, glaube mir, ah aha aha „ (Rio Reiser // am piano)

Kraftvoll knallt der Song des musikalischen Tryptichons dieses Buches durch die leere Bar, „Rio am Piano" . Auf die Tasten einhämmernd, barfuss das Pedal tretend und beherzt, schreit Rio den Text von Marlene in einer Home-Recording-Session durch den leeren Raum, in dem noch die Rauchschwaden der letzten Gäste schweben. Das Knarzen der Schallplatte erinnert an verbrennende Fliegen am Heizpilz.

Raute hatte sich längst mit dem Kleinwagen überstürzt, nach Leipzig bewegen wollend, nie angekommen. Sie hing mit den Schwaden zusammen präsent im Raum einer Zwischenwelt. Die Ballade der sexuellen Abhängigkeit ist allgegenwärtig.
Das Mädchen mit den kurzen Haaren auch, Manch Tote sind durch das Wirken zu ihrer Lebenszeit lebendiger, als die vielen, toten Lebenden, die Wanna be´s und Möchtegerns. Sie glühen weiter, leuchten uns den Weg im Dunkeln.

Ringo hat seine Hose wieder hochgezogen, zieht das Gitter zu, holt sich die Sonne des Ostens, und den Untergang des Westens im Süden aus dem Kühlschrank, legt sich zu mir auf den Fliesenboden, fuchtelt mit den klappernden Händen etwas Kryptisches in die Luft. „Hör mal auf den Text" Wir verschwinden im Boden.

Jahre später regnet es, permanent und beeindruckend.. Bei starkem Regen können viele Insekten der nassen Gewalt nicht Stand halten, ertrinken in einem einzigen Tropfen. Selbst Krähen, als organisiertes Volk, unterwerfen sich der Witterung, überlegen sich aber neue Strategien, in gewichtigen Sitzungen. Krähen krähen. Unterwerfung hat einen Sinn. Unterwerfung ist reizvoll, im erotischen Spiel.

Der alterlose Junge tritt umständlich die fünf Stufen empor, in der Mitte der Woche, am Mittwoch, oder am Samstag, umständlich, wegen der Stufen und der Hose.

Er gesellt sich an den Stehtisch vor der Gasheizung, damit das Holz trocknen kann, zu einem Bauingenieur und einem Pizzabäcker. Sie unterhalten sich ernsthaft darüber, welche Pornoseiten im Netz die Besten seien, er kennt sie beide schon Jahre und fand sie bisher okay. Durch Blicke laden sie ihn ein, an dem Austausch teilzunehmen. Ehe sein geordertes Bier auf dem Tisch landet, geht er auf die Herrentoilette und kotzt die Schüssel voll.

Ich kann und will nicht verstehen, dass ich Mitte der Woche mit einem Ingenieur über Pornoseiten reden soll, in der Bar, die ich drei Monate nächtens mit einer Ratte verbrachte hatte, an meinem Schlüsselbund die Plakette „Wohnzimmer“ trug, eine Hotelklingel immer an der Theke stand und hundsmiserable Punk- Konzerte stattfanden, ein Elvis-Imitator zur Kulturnacht auftrat, wo in Kino-Abenden Jodorovskys EL TOPO oder BLUE VELVET gezeigt wurde und Ringo jeden Abend nach dem Zimmerschlüssel fragte oder Prosalesungen aus dem Telefonbuch im Unterhemd zelebrierte, als Dandy in the Underworld.

Leergekotzt trete ich an den runden Tisch zurück, angewidert und fasziniert zugleich, wie schnell sich Zeiten wandeln können, Inhalte, Charaktere. Wie das Grün im Herbst zum Bunt wird, wurden in ein paar Jahren Menschen zu Morloks, haben das Kind, das Tier und ihre liebenswerte Einzigartigkeit eingetauscht gegen konforme Gleichschaltung, sitzen vor dem Computer und erregen sich an vorgefertigter Erotik, welche keine mehr ist. Kreativität eingetauscht gegen Dienstleistungen im Netz.
The beautiful world of plastic porno people.

Die beiden Herren sind vor kurzem erstmals Vater geworden und beschweren sich, dass ihre Frauen sie nicht mehr „ranliessen“, ein Mann hätte nach dem schweren Arbeitstag eben auch seine „Bedürfnisse“. Als erfahrener Vater hätte ich vielleicht einen Tip.
„Die Hochzeit der weiblichen Erotik ist Nachmittags. Bis Ihr nach Hause kommt, die Damen vollheult, wie hart der Tag war, gab sie sich bereits Träumen hin, einem Tier, welches der Kunst der Verführung mächtig ist oder einer Frau, welche mit der Seele denken kann, empathisch ist und besser aussieht als Ihr Beiden zusammen. Oder sie ist einfach erschöpft, oder sie

möchte verführt und nicht besessen, wenn, dann temporär benutzt werden, Ihr Deppen !“

Ich lasse das Bier stehen, sage der Servicekraft, das zahle der Ingenieur und gehe umständlich nach Hause.

„Wir stehen im Morgenlicht
Fiebrige Knospen im ersten Sonnenstrahl
Der Tau klebt feucht und kalt
Bald brechen wir auf
Wir öffnen uns, entfaltet in Licht und Staub
Werden Farben und Duft
Wir kreisen in der Sonne
Die Nacht versinkt hinter uns“ ***

Der alterslose Junge hatte sich bei Flexarbeiten einen Splitter in das linke Auge geschossen und trug am Abend des Konzertes einer asiatischen Avantgardekünstlerin eine schwarze Augenklappe zum Schutz., er schenkte die Getränke aus. Aus Solidarität lief Ringo ebenfalls mit einer solchen Augenklappe aus seinem Fundus durch den Abend, er kümmerte sich um die Band.
Arte P. und Ringo wurden zu den Liebenden, vier Augen sehen mehr als Zwei, die Kraft der zwei Herzen. Die Gäste sind verschwunden, selbst Arte P. ist schon weg. Ellah Dark öffnet das goldene Tor und zwei Piraten treten in das Morgenlicht.

Schwere Gitarre, Bass, Drums - Vocals...

„Is this the end of the beginning?
Or the beginning of the end?
Losing control or are you winning?
Is your life real or just pretend?“ (***BLACK SABBATH 13)

Die harten Riffs from hell und Ozzy Osbournes apokahlyptische Fragen drängen sich in exorbitanter Lautstärke aus dem Tor auf den Platz zwischen den Hallen und verbrennen mit den ersten Sonnenstrahlen des Sonntagmorgens.

Nirtaks Gang ermahnt vom Stromseil auf uns herab, als wären es unsere

Mütter, die uns vorwerfen, dass wir noch wach sind. Sonnenbrillen verdecken Augenklappen.

„Hast Du Feuer ?“
„Willst Du jetzt small talk machen ?“
„Wir können auch über Motörhead reden !“
„Wenn ich über Musik rede,
will ich rauchen.
Hast Du Feuer ?“

„Die Tür ist aufgerissen
Wir trippeln hinaus auf hohen Schuhen
Noch schwankend vom eigenen Duft
Von Puder und Schminke
Und den berauschenden Farben der Stoffe
Meine Träume werden wach
Sie spiegeln sich in den fragenden Augen der Kinder
In den Berührungen der fremden Männer
Zitternd steigen wir auf zum Flug“ ***

(*** MORGENLICHT VON TON STEINE SCHERBEN IV)

„Wir müssen noch zu Sofia !“
„Wer, um Himmels Willen ist jetzt wieder in Sofia ?“
„Ich habe es versprochen, nicht nach Sofia, zu Sofia.“
„Und wo bitte ist Sofia ?“
„In LA.“
„Und wie sollen wir nach LA kommen, mit dem Fahrrad ?“
„Nö, mit dem Taxi“

„Are you a lucky little lady in the city of light
Or just another lost angel, city of night
City of night, city of night, city of night, woo, come on

I see your hair is burnin‘
Hills are filled with fire
If they say I never loved you
You know they are a liar

Motel money murder madness
Let's change the mood from glad to sadness

Mojo Rising, Mojo Rising, Mojo Rising „

(*** LA WOMAN - THE DOORS, 1971)

Der verkaufsoffene Sonntag bekam uns nicht zu Gesicht, wozu die zweite Silbe ?

Enrique Iglesias, südamerikanischer Schmachtsänger, wie sein Vater Julio, liess am Höhepunkt seiner Karriere eine Kondomserie in XS auf den Markt werfen, mit seinem Namen versehen. Dafür sollte ihm nachträglich der Friedensnobelpreis verliehen werden.
Mit solchen Themen verweilten wir bei Ellah Dark, bis wir in das Taxi steigen sollten und per Überlandfahrt, an einem Bushäuschen vorbei fahrend, nach Langenau gelangten, um dort pünktlich zum Konzertbeginn der filigranen Independent -Band Sofia die Tür unserer Wahrnehmung zu öffnen, mit Augenklappen und Sonnenbrillen. ROK lächelte, so gut er konnte und schrieb irgendwann ein
Gedicht.

***

Stellen Sie sich vor, Sie kaufen sich ein Brot !
Das Brot verdirbt nicht, wird nicht hart.
Sie können davon zehren, in der Not
Sie haben es ein Leben lang, bleibt zart.

Viele Jahre später besuche ich Ringos ehemaligen Englischlehrer, welcher ihm 1981 mittels intensiver Aufholarbeit durch das Abitur verhalf. Im Osten wurde Russisch in der Schule unterrichtet, im Westen Englisch, des Nachmittags im Café Omar.

Die schöne Altbauwohnung, schon lange, vom inzwischen pensionierten Lehrer
bewohnt, bezaubert mit vielen kleinen Details und aussergewöhnlicher Kunst. Einem frühen, mit blau-grünem Hintergrund gestalteten Brot und den

Collapsing
New People

anfangs noch versehenen Schatten, ist eine Postkarte in den Rahmen geklemmt. Jeder ist ein Küntsler.
Eine Collage, um 2000 entstanden, fragt , ob es Maikäfer künftig nur noch aus Schokolade gäbe.
Ringo hatte sich viel mit Charles Darwin befasst, sich intensiv mit der heimischen Fauna und deren Wandel beschäftigt, auch mit heimischer Flora, Bäumen und Pflanzen, im Wandel der modernen Zeiten, stellte das Schwinden mancher Gattungen ebenso fest, wie das zunehmend merkwürdige Verhalten der Mitmenschen.
Besonders angetan war er von ansässigen Käfern und Nacktschnecken.

Liebevoll zusammengetragen, hängen im langen Flur die ersten Werke von Ringo, zusammen mit dem „Blauen Esel“ von Herbert Achternbusch, den er sehr verehrte, welchem er schon einen ganzen Filmabend widmete, in der Galerie des Inselfürsten.

An eine der hohen Wände gelehnt, steht ein rot, gold und pink angesprühter Fensterrahmen mit drei Scheiben. Ein rosa Alien in der Mitte wirkt ratlos. Eine Plastikgabel wurde für Plastikmenschen angetackert, ein kitschiges Herz hängt an einem Lederband, von einer Wäscheklammer gehalten. Die defekte Weihnachtsbaumkerze unterstreicht die fröhliche Desolation.

Der Englischlehrer erinnert mich mit seiner leicht grantlerischen Art an Josef Hader. Mit sehr sympathisierendem Stolz, gar Zuneigung, erzählt er, wie Ringo ihm den Fensterrahmen 1983 verkaufte.

„Steer clear of the sun
Pancake, sandpaper skin
They have no reflections
Drink blood but pierce no veins“

collapsing new people

(*** Fad Gadget, 1983)

Ich hatte nie einen Betroffenheitspokal gewollt.

Lieber Ringo,
Ich weiss nicht, ob Du das jetzt mitbekommst,
aber ich denke schon.
Ich weiss nicht, ob Du gerade mit uns traurig bist,
oder ob Du lachst und Dich einfach nur freust,
dass sich so viele Menschen in Deinem Namen versammelt haben.
Doch dennoch glaube ich,
dass Dir der Abschied genauso schwer fiel wie uns,
deshalb sollst Du wissen,
dass dies kein Ende war,
denn egal wie lange wir uns nicht sehen,
Du bist bei uns, und wir sind bei Dir.

Irgendwann wird der Tag kommen,
an dem wir uns in die Arme fallen,
und die Aussicht von oben geniessen.

Ich habe mir immer vorgestellt,
dass ein weisses Wolkenreich auf Einen wartet,
doch ich weiss jetzt, dass es sich nach Deiner Ankunft ändern wird,
Du brauchst keinen Pinsel, um den Raum um Dich herum mit Farbe zu füllen,
Dein Lachen, Deine Worte...
Sie geben einem die Farbe und sie malen ganz von selbst ein wundervolles Bild.

Und diese Bilder bleiben,
sie machen es mir leichter, die Trauer zu ertragen,
denn dadurch weiss ich,
dass Du Deine wunderbare Art nicht im Dunkel verlieren wirst,
Du wirst weiter leuchten und auch trotz Deines Tatendranges
Frieden finden.

In Liebe
AL.ICE

KAMMER

PIE
ICH BIN DIE AXT

Dem Berblinger wurde ein Turm
Erricht'
Der Falke holt sich den Wurm
Zum Mittagsgericht.
Schimpft mich Lügen,
Der Mensch wollte fliegen !
Auch ein Brunnen, wo einst die Punks ihre Zeit
Verbrachten &
Zurecht über 7 Schwaben lachten.
Liebe Kinder, gebt fein 8
Es liegt in Eurem Erdenbetrachten.
Schaut an, was die Erwachsenen
Aus diesem Weltball machten.

Der Berblinger Brunnen wurde bereits Ende der 60er Jahre zum Ausgangspunkt jeglicher Demonstrationen in Ulm. Friedensunterricht, PKK, Hanfparade, Menschenkette, Natur-und Tierschutz - Stände, Homo-Aktivisten, somit zum Ort des öffentlichen Widerstandes. Alles frei Gedachte der Stadt ging von der Mittelachse der Fussgängerzone aus, dem einstigen Standort der Steine und des Bronzefliegers. Um das Stadtbild zu polieren, wurde er entfernt. Der Ansatz, fliegen zu wollen, war sicher gut gemeint. fliegen kann nur die Seele.

Die Steine des Berblinger Brunnens stehen heute im Schulhof der Friedrichsau Grundschule am Staufenring. Ein guter Widerstandort.
Den wahren Anarchisten. Wildnis 2021.

OLGA
SAT 1

BISO
YOU PLEASE TAKE WHATEVER TIME
YOU NEED TO READ THE DEFINITION

aliens, affen, apfel, amnesty, armato, Andrew Greif, Arte P., Almuth, angst, angelika !
biene, bella f & BOM, bison, beate, bodo, banksy, bonzenbunker, bauernbenz, beteigeuze, black sabbath, Brot & blumenstock !
corvus corax, clemens, cactus, CREE, co.sima.f, christiane wehner-s., claudio caselli, cora, capo, CHN, christopher und catrina !
Dachs, DON DAHNA, Martin Dean, Dominanz, Dorothea Grathwohl, Demels Uwe & Nicole, DIVA, Darwin, café d`art !
eichhorn, EidEchse, Eremit, Eshek, Ellah Dark, Eiche, Esche, Erb & Eden, erdmuthe, elchtest, EmAnzEnpAnzEr, Endorphine !
Fuchsteufelswildes Faultier, Fantomas, Finn, Fuzzman, Fifi, Fried & Fromm, Friedenskirche, fortschritt, TH-frankie, fresenhagen, Fesselspiel !
Gecko, Glühwurm, gerächt Gehängter,durch Gerechtigkeit im Gericht, gono cocks, gönner, gerhard & grüner, gold, gartenlust, gainsbourg !
hirsch & hummel, hierophant, herrscher über haselnuss, hirnschlag, heidi, herrscherin, HFG, HOCKE bei Müller mach grafische Spielchen für Diva Mundvoll, homöopathie mit empathie, hansen, hanna, hasenwurf für , hohepriesterin, hexenjagd & HOME is where my heart is !
insekt und igel, ich hab nix, impressum, impfstagram, Israel, inspiration und inga !
jagdhund, johanna, jägermeister, juchheims, john & johnnyOst, jugotoniks & jorg rabus !
karl der käfer, krebs und kraft, kiefer, kiosk, kienle, koks im park, kribbel krabbel, katrin, king kahl, konne, KindKind, Kartoffeln, Krzysztof, konsumGut, krieg & kürbiskern !
lammfromme Liebende lesen leise lektorat & links vom roxy, löwenmensch, laster, lisbeth, lonetal & langers linke nächte !
maulwurf, marder, mässigkeit, magier, mond und morgenlicht, marcus, markus, marco, marlapazz, mausoleum, miralem, maika, mundharMonika, münsterstück

& mistblick, morgentau, maira, MAD & manne, Mölticke, masturbation, michele, mitläufer, martina, Mona, menschenkette, misanthropie !
nacktschnecke, nixNormaler Narr, nagelbaum & nadellack, naumann, nylon, nückel, nirtak & die neue welt !
ohrenkneifer, ochsentour, orca, olga, Obi, OWO, Orgasmatron !
panther, panda, Pilsl, papagei, peter pershing zwey, pornophon, peckinpah, pufferbar , PISA 73, PFETSCH, Peitschenknall !
quappe, qualle, qualtinger, querulant !
ratten, raben, rindle, ringo, raps & rad des schicksals, rosmarin, rasmus, reservate, rostroscher, Rollenspiel und Reflektion, ROK, reinhard, raute, Rebellution, rauhe alb, rosi, richard & ruess !
spinne, schaf und salamander, schöfisch, stella, swindlebra, slime, scholl & schilling, silly, sinni, silke, silvan, /8 steffen, stefan, steffi, sexpantoffel, schwoissfuass, stunke, stern & sonne, stofflovski & sawatzki, saumarkt, sauschdall, strapse, sündenfall !
taube, turm, tod & teufel, tangente, tom und trost, trümmerfrauen, taxigeld, Tanja, tobias, therapien, theo, tätowierer innen, tollwut, tunnelblick !
uhu, unke, unterwerfung, universität statt ulm, uigendorf & ukulele !
viper, vesperkirche, voller mond, VOODOO, violet & voller mund !
Wolf, Wagen, Widerstand & Wildnis, wunderliche Welt, Wecker, Wader, Weisses Album, Wanderdüne, Wanderley, Wald & WU & Wiedersehen !

Xenosaurus, Xylophon, Xanten, XXS
Yeti, Yannis, Yoko, Yamas
Zecke, Ziege, Zaunkönig, Zwiebelsuppe, Zwitterwesen, Zenz, Zappelphillip, Zitterkörper, gaunerZinken & ein Zwinkern !!!

... `audience-noise, drums, guitar, background vocals:

„ What would you do if I sang out of tune?
Would you stand up and walk out on me?
Lend me your ears, then I'll sing you a song
I will try not to sing out of key, yeah

What do I do when my love is away?
(Does it worry you to be alone?)
No, no
How do I feel at the end of the day?
(Are you sad ,cause you're on your own?)
I tell don't get sad no more

Said, I'm gonna make it with my friends, yeah, yeah
(Try with a little help with my friends)
Oh, oh, I'm gonna keep on tryin', yeah
(High with a little help from my friends)"

(***THE BEATLES / SGT. PEPPERS LONELY HEARTS CLUB BAND 1967)

„I understand Hitler...," sagte der Filmemacher Lars von Trier, wurde von den Cannes-Filmfestspielen verbannt.

Widerstand ging schon immer von kids aus. „Macht kaputt, was Euch kaputt macht," ist heute aktueller, denn je, und einfacher, viel einfacher. Banksy schreddert sein zu versteigerndes Kunstwerk „Mädchen mit Ballon" und erhöht damit den Wert des Werkes von einer Million auf 5,3 Millionen Dollar.
Der in uns angelegte Widerstand ist richtig. Er ist unser Gefühl, unsere Intuition, unser Darm, welcher uns entscheiden lässt, was richtig und

falsch ist.
Es bedarf keiner wichtigtuerischen, weissen Gesellschaft, die dem Rest der Welt erklärt, wo es langgeht und ihr sagt : „Alles wird gut !"
Es wird nur gut, wenn wir es gut machen, täglich hinterfragen,und den Mund aufmachen, wie er uns gewachsen ist.
Ansonsten wird es eine konforme, kontrollierte, wässrige Scheisse, also Dünnpfiff, wobei wieder der Darm eine wichtige
Rolle spielt. Die Verwechslungskomödie der kollabierenden, neuen Menschen. Selbst denken hilft.

„I understand Hitler - but I don't understand the people who follow him", bringe ich den Satz zu Ende.

Jenseits vom Leben
neben sich selbst
über den Anderen
und unter aller Sau.

DIVA VOLLMUND CONTINUE ...

„Russe in Beton und Stahl
Müde alles Material
Hörst Du das Flüstern im Land?
Jesus kommt trotz Pillenknick
Goethe hat mit Faust gefickt !
Die Postbeamten tragen schwarz
Ne Tonne Öl kost`tausend Mark,
Siehst Du die Schrift an der Wand?"

„Der Turm stürzt ein
Der Turm stürzt ein
halleluja, der Turm stürzt ein !"

finito

WIR LASSEN SIE

IERMIT LOS

Kalmenhof
Familie Gansloser
Kalmenhof 1
89160 Scharenstetten

Getreide, Mehl, Linsen, Buchweizen

Kontakt
Telefon: 07336/5122
Mobil: 0152/02396114
Fax: 07336/922120
E-Mail: info@kalmenhof-demeter.de

Öffnungszeiten:
Montag-Sonntag:
7:00 Uhr- 20:00 Uhr

Hofladen Neenstetten
Ernst Unseld
Dorfplatz 22
89189 Neenstetten
Deutschland

Telefon: 07340 6915
Öffnungszeiten:
Fr.: 13.00 - 18.00 Uhr,
Sa.: 7.15 - 12.00 Uhr.

Hofgut Neubronn
René Schimming
Neubronn 2
89233 Neu-Ulm
Telefon: 07302/5100
E-Mail:neubronn@aol.com
Verkauf auf dem Wochenmarkt in Neu-Ulm Mi und Sa. 7 -13 Uhr

Biogeflügel Unterweger
Neuhauserhof 1, 89165 Dietenheim
Tel. 07347/7405, Fax. 07347/921021
info@biogefluegel-unterweger.de
Gänse, Pute, Hähnchen,
Geflügelwurst, Lamm

Auf einer Anhöhe über dem Illertal
umgeben von Wald,
ca. 1km von Dietenheim entfernt
finden Sie unseren Biolandhof.

Seit 1980 sind wir anerkannter
Biolandbetrieb.

auf Vorbestellung
Martinsgänse
05./06.11 2021 und 12./13.11.2021
Lammfleisch
26./27.11.2021

Groner Biolandhof Tomerdingen
Eier und Kartoffeln

Verkaufsstand, ab Landstraße
zwischen Tomerdingen und
Temmenhausen beschildert

Gerold Groner
Eschenlauh 4
89160 Dornstadt-Tomerdingen
07348/21925

Markus Bunz Hofladen
Hagen 4
89179 Beimerstetten
E-Mail: info@hofladen-bunz.de

Öffnungszeiten
Dienstag: 14 - 18:00 Uhr
Freitag: 14 - 18:00 Uhr
Samstag: 10 - 14:00 Uhr

Biolandhof Baiker
Verkauf auf dem Wochenmarkt in Blaustein jeden Freitag
Samstags am Gewächshaus in Bermaringen von 9–12 Uhr
Jörg Baiker
Hohenstein 3
89134 Hohenstein
E-Mail: info@baiker-agrar.de
Tel: 0162 8639 270
www.bioland-hof-baiker.der

Weiths Hofladen Göttingen
Albecker Str. 1
89129 Langenau-Göttingen
Tel: 07345-22311

Öffnungszeiten
Mo, Di, Mi und Fr.
08:00 - 12:00, 16:00 - 18:00
Sa 07:30 - 12:00

Ostermühle Langenau
Geschwister Rolf und Martina Mack
Mühlgasse 30
89129 Langenau
Tel: 07345 929490

Essig, Öle, Gewürze, Getreide

Öffnungszeiten:
Mo bis Fr 8.00 - 12:30
und 13:30 - 18:00
Sa 8:30 - 13:00

Biolandhof Osterhof Mack GbR
Hermann & Michael Mack
Mühlgasse 25
89129 Langenau
www.osterhof-mack.de

Öffnungszeiten
April bis Juni
Mo-Fr 9.00 - 12.30 Uhr und 14.00-18.00 Uhr
Sa, So & Feiertag 9.00 - 12.30 Uhr
Für Vorbestellungen erreichen Sie uns unter 07345/ 7273

Hofladen Häge Langenau
Spargel, Karoffel und Eier
Familie Häge Bio-Hof Langenau
Ute & Christian Häge
Elchinger Weg 2
89129 Langenau
Telefon: 0 73 45 · 91 93-54
Telefax: 0 73 45 · 91 93-55
info@familie-haege.de
www.familie-haege.de

Hofladen Fink Neu-Ulm
Helmut Fink
Memminger Str. 179
89231 Neu-Ulm (Ludwigsfeld)
Deutschland

Telefon: 0731/82387
Fax: 0731/1768516
E-Mail: info@hofladen-fink.de

Der Hofladen wird von Familie Fink betrieben, bietet ein reichhaltiges Sortiment an verschiedenen Bioprodukten und hat wie folgt geöffnet:
Di.: 15.00 - 20.00 Uhr,
Fr.: 10.30 - 13.00 Uhr und 16.30 - 19.00Uhr,

S´Hofhäusle
Familie Zeh
Thalfingerstraße 48
89233 Neu-Ulm / Burlafingen
0731 / 7110474

Biomat (Eier, Kartoffel, Nudeln)

Öffnungszeiten :
Mi : 15.30 – 18.00 Uhr
Sa: 9.30 - 12.30 Uhr

Werner und Mathilde Nägele
Biolandhof
Bei der Hüle 7
89143 Baubeuren-Asch
Tel: 07344/3293

Direktverkauf ab Hof in Bioland Qualität
Milch, Eier, Kartoffeln, Getreide, Brot- und Backwaren, und Kaffee.
Zukauf-Sortiment von Käse und Molkereiprodukten.

Öffnungszeiten
täglich 17:00 – 18.30

Amarto Verlag
Martina Strilic
& Tobias Schrade
Insel 2
89o73 Ulm
ISBN
978-3-948771-05-8

grafisch
gefördert
von Eva Hocke
Bad Saulgau
muellerhocke.de
mauerlaeufer.org